Tudo o que eu preciso
B&S 1

Kimberly Knight

Copyright© 2014 Kimberly Knight
Copyright© 2014 Editora Charme

Todos os direitos reservados.
Nenhuma parte deste livro pode ser utilizada ou reproduzida sob qualquer meio existente sem autorização por escrito dos editores.
Esta é uma obra de ficção. Nomes, personagens, lugares e acontecimentos descritos são produtos de imaginação do autor.
Qualquer semelhança com nomes, datas e acontecimentos reais é mera coincidência.

2ª Impressão 2017

Produção Editorial - Editora Charme
Capa arte © por Knight Publishing & Design, LLC e E. Marie Fotografia
Modelo masculino capa - David Santa Lucia
Modelo feminino capa - Rachael Baltes
Tradutora - Cristiane Cesar

Este livro segue as regras da Nova Ortografia da Lingua Portuguesa.

CIP-BRASIL, CATALOGAÇÃO NA PUBLICAÇÃO
SINDICATO NACIONAL DE EDITORES DE LIVROS, RJ

Knight, Kimberly
Tudo o que eu preciso / Kimberly Knight
Série B&S - Livro 1
Editora Charme, 2014.

ISBN: 978-85-68056-01-1
1. Romance Estrangeiro

CDD 813
CDU 821.111(73)3

CEP: 13034-810
www.editoracharme.com.br

❦Prefácio❦

Toda garota tem a esperança de esbarrar no homem dos seus sonhos em algum lugar aleatório. Ela espera que ele a veja e que o mundo pare pra ele. Eu mesma já fantasiei com essa cena várias vezes na minha própria cabeça antes.

Quando minha amiga, há quase dez anos, me disse que ela tinha escrito um livro, eu me lembro do quão surpresa e impressionada eu fiquei. *Quando ela me pediu para lê-lo e dar a minha opinião, nunca, em um milhão de anos, sonhei que seria em tão pouco tempo que eu o editaria para ela e acabaria escrevendo o meu próprio primeiro livro. Ao vê-la continuar a escrever o restante da série B&S, eu fiquei muito orgulhosa por vê-la amadurecer e tornar-se a autora incrível que ela é agora. Kimberly não só escreve personagens interessantes e simpáticos e algumas cenas de sexo de tirar a calcinha, ela também faz o design de suas próprias capas... e é muito boa no que faz! Eu tenho um respeito louco por essa mulher, por sua determinação e dedicação para fazer seus sonhos virarem realidade.*

Você vai se apaixonar por Spencer, Brandon e seus amigos quando você embarcar nessa viagem com eles. As mulheres solteiras, provavelmente, começarão a se exercitar mais depois de ler este livro, porque, como a minha querida e melhor amiga sempre diz: "Você nunca sabe quem você vai encontrar na academia!"

Audrey Harte
Autora da Série Love in L.A.

Dedicatória

Para a minha família, amigos e todos os que me apoiaram nessa jornada louca.

Capítulo Um

Quando a vida te dá limões, as pessoas te aconselham a fazer uma limonada. Bem, a vida, simplesmente, me deu um limoeiro inteiro. Até três semanas atrás, eu achava que nada na minha vida pudesse dar errado. Eu estava no Havaí, com a minha melhor amiga, Ryan Kennedy, seu namorado Max e aquele que eu pensei que era o amor da minha vida, Travis.

Travis e eu nos conhecemos há quase dois anos atrás, em uma festa de véspera de Ano Novo, onde fui como convidada de Ryan. O namorado dela tinha acabado de se tornar sócio em seu escritório de advocacia e, para impressionar, ofereceu uma enorme festa para comemorar sua promoção e festejar o Ano Novo.

Travis era advogado no mesmo escritório que Max, e eu adoraria dizer que foi amor à primeira vista, mas, pensando bem, nunca foi amor. Fiquei imediatamente atraída por ele, embora tivesse sido necessário alguns encontros para entrarmos em sintonia. Ele tinha cabelo castanho, doces olhos verdes e um lado amável, inocente e encantador. O lado que abria portas, puxava a cadeira e até mesmo cozinhava e limpava tudo depois. Eu pensei que eu tinha encontrado a pessoa certa. *Pensei errado.*

— Tudo bem, Spencer Marshall, é hora de tirar sua bunda do sofá e voltar a agir como se você tivesse uma vida de verdade — Ryan falou irritada, ao entrar em nossa casa, batendo com o pé no piso de madeira. Ela parou de andar quando chegou ao sofá em que eu estava sentada - sofá que estava começando a se acostumar com o meu ritual diário e noturno, e tinha formado um recuo perfeito para minha bunda. — Você está se lastimando aqui

Tudo o que eu preciso 5

há duas semanas, e eu não vou mais deixar minha melhor amiga desperdiçar a vida dela por causa de um cara.

— Me deixe em paz! — eu gritei para ela enquanto encarava uma colher cheia de sorvete de chocolate crocante com menta. — Eu estou bem — eu sabia que Ryan estava certa. Eu realmente precisava parar de me lastimar. Minha mãe sempre dizia que nenhum homem valia minhas lágrimas. Mas, com toda sinceridade, depois de namorar alguém por quase dois anos, uma garota não tinha o direito de chorar e ficar um pouco deprimida, depois de entrar no escritório dele e o encontrar transando com a secretária em sua mesa? Eu só queria surpreendê-lo e levá-lo para almoçar. Não podia imaginar que ele teria uma surpresa para mim também.

— Amanhã à noite, vou conhecer o Club 24, a academia que abriu perto do meu escritório. Minha chefe está escrevendo uma matéria sobre o assunto e me pediu para usar a adesão de cortesia que recebemos, de duas semanas, para fazer pesquisas e conseguir informações internas, para ela poder usar em seu artigo, no site.

Eu trabalhava como Assistente Executiva da CEO de uma empresa de internet, com sede fora de São Francisco, chamada *Better Keep Jogging, Baby[1]*, mais conhecida pelo nosso site, www.bkjb.com. Nosso portal era dedicado a oferecer informações sobre fitness e nutrição para o meio esportivo.

— Spencer, ou você melhora ou eu vou chutar a sua bunda quando você chegar em casa, e depois te arrasto até a academia comigo, na terça-feira de manhã — Ryan e eu nos conhecemos no primeiro ano da faculdade, na Universidade de Santa Cruz, há nove anos, quando tínhamos 18 anos. Com o tempo eu aprendi que suas ameaças eram realmente promessas. Ela *não* estava brincando.

---

1   Melhor manter-se em movimento, Baby.

— Tudo bem, tudo bem, eu vou arrumar minha bolsa de ginástica... logo depois que eu terminar esta taça de sorvete — Ryan revirou os olhos e eu mostrei a língua para ela. Eu apreciava o seu apoio e entusiasmo, mas nunca tinha sido uma pessoa da manhã e eu não mudaria agora.

Minha segunda-feira foi puxada, sem intervalo no trabalho e tudo o que eu queria fazer era ir para casa, ficar de pijama, e assistir ao *The Voice*. As dezessete horas, minha mente estava, basicamente, ignorando a academia e era exatamente isso que eu iria fazer. Até que lembrei da ameaça de Ryan, e com certeza, não queria que ela me acordasse às 5:00 da manhã para ir à academia, antes do trabalho. Mesmo que isso fizesse parte das minhas atribuições no trabalho, minha chefe prometeu horas extras de férias para que eu fizesse isso para ela.

Tudo bem, é hora de acabar com essa merda. O Club 24 era uma rede em expansão e eu precisava de uma nova academia mesmo. Eu costumava malhar com meu ex ou, como Ryan gostava de chamá-lo agora, Trav*idiota*. Eu esperava nunca mais vê-lo novamente, então, felizmente, essa academia abriu há pouco mais de um mês e era perto do trabalho e de casa.

A academia estava cheia, mas havia duas esteiras ergométricas desocupadas, uma ao lado da outra. Reivindicando uma delas para mim, coloquei meu fone de ouvido no iPod e comecei a caminhar rapidamente, fazendo um aquecimento. Ouvir música enquanto corria sempre distraia minha cabeça e, nesse momento, tudo o eu precisava era esquecer.

Após correr por cinco minutos, achei que fosse desmaiar. Imaginei-me rolando esteira abaixo, como tinha visto algumas vezes no reality show *The Biggest Loser*. Era tudo o que eu precisava, ainda mais com essa academia lotada. Diminuí a velocidade da esteira para caminhar, por alguns minutos, até recuperar o fôlego. Pouco tempo depois, percebi que alguém tinha subido na esteira ao lado.

Olhei para direita e foi quando o vi pela primeira vez. Tentando não ser pega em flagrante, o olhei com a visão periférica. É sempre uma vantagem ter um colírio próximo para admirar, quando você tem que fazer algo que não está a fim. Ele tinha pouco mais de 1,80m de altura, parecia ter, aproximadamente, a minha idade, uns 27 anos, e eu ainda tive tempo suficiente para ver que o cabelo castanho era espetado e desarrumado, com um visual bagunçado e ombros largos... e ohhh uau - um sorriso que fez meu coração parar.

Claro, fui pega olhando. *Merda.*

Peguei o celular, tentando disfarçar, e rapidamente mandei uma mensagem para Ryan.

Eu: *OMG! Eu tenho o meu próprio Gideon Cross na academia. Cara quente corre na esteira ao lado!*

Ryan: Que delícia! Não conte ao Max, LOL... Eu quero todos os detalhes HOJE À NOITE.

Quando olhei para o espelho à minha frente, percebi que meu rosto estava vermelho brilhante. Ou era de correr muito na esteira ou de ser flagrada olhando para ele, provavelmente, uma mistura dos dois. Depois de alguns minutos de caminhada, eu pensei comigo mesma, *tudo bem, você não pode deixar esse cara achar que você está tão fora de forma.* Então, acelerei até o que considerei ser um ritmo vigoroso e comecei a correr novamente.

Fazia, pelo menos, um mês que eu tinha malhado pela última vez. Antes de pegar o Trav*idiota* dando uma rapidinha com a secretária, Misty, na hora do almoço, nós tínhamos ido ao Havaí. Que triste clichê, né? Mal sabia eu que, quando Travis falava que estava recebendo mensagens de texto do trabalho, ele queria dizer, na verdade, mensagens de texto de Misty, sobre o que ela não podia esperar para fazer com ele quando estivesse de volta.

Depois de correr por 20 minutos - e alguns olhares disfarçados à minha direita - eu não aguentava mais. Parei a esteira, desci e me enxuguei.

Enquanto dava a volta na esteira, olhei para a bunda dele. *Que bunda perfeita...* Sim, minhas endorfinas agora estavam fluindo. Dei alguns passos em direção ao vestiário, olhei por cima do meu ombro direito e o encontrei olhando para mim. *Puta merda.* Nossos olhos se encontraram e ele me lançou um sorriso de balançar o coração, o mesmo que mostrou quando chegou à esteira. Era mais um sorriso presunçoso do que um sorrisinho, mas mesmo assim fez meu coração acelerar.

Ryan estava esperando por mim quando entrei em casa.

— Pedi comida chinesa. Vai chegar em 10 minutos. Vá tomar banho e depois você me conta tudo sobre o gostoso da academia, durante o jantar.

— Não tenho muito o que contar.

— Qualquer coisa é melhor do que nada. Eu estou com Max há três anos. Preciso viver a vida de solteira, indiretamente, através de você.

— Puxa! Obrigada — eu disse e nós duas rimos.

Depois de sair do chuveiro, senti o cheiro da comida

chinesa que Ryan tinha encomendado. Ótimo, eu fui para academia e agora eu vou comer uma refeição de 3000 calorias.

— O que temos no cardápio de hoje? — eu perguntei ao entrar na cozinha e comecei a abrir as caixas e levar a comida para a mesa de centro da sala. Os pais de Ryan eram os donos da casa e a alugaram para nós. Eles a tinham reformado, como presente de formatura, e a cozinha era um dos nossos lugares favoritos. Ela era espaçosa e moderna, com eletrodomésticos em aço inox e bancadas em granito, e os armários de carvalho branco também davam a ela um aspecto caseiro.

— Só os nossos favoritos: frango xadrez, carne com brócolis, arroz frito e wontons de cream cheese.

Sim, isso tinha certamente 3.000 calorias, cada. Eu suspirei por dentro.

— Tudo bem, desembuche — Ryan exigiu ao espetar um pedaço de brócolis e o morder.

Dei uma pausa para mergulhar um wonton de cream cheese no molho agridoce, antes de colocá-lo na boca. Saboreando o recheio cremoso, lambi meus dedos e suspirei de contentamento. — Como eu disse, não há muito que contar. Fui para a academia e vi esse gato correndo na esteira ao meu lado.

— E como ele é?

Fui até o armário e peguei duas taças. Abri uma garrafa de vinho Moscato, que estava na adega climatizada, enchi nossos copos e entreguei um a Ryan. Fomos para a sala e nos sentamos no chão, perto da mesa. — Bem, eu acho que ele tem mais ou menos 1,80, a nossa idade, cabelo castanho meio curto... você sabe, daquele jeito que eu gosto, e um sorriso... Cara, aquele sorriso me fez derreter. Infelizmente, não consegui dar uma boa olhada. Eu espero que ele esteja lá amanhã, de novo.

Ryan continuou a me questionar, mas como eu disse repetidamente, fiquei na academia menos de uma hora e não tinha, sequer, falado com ele. Eu deixei escapar alguns olhares aqui e ali. Bem, espero ter roubado alguns olhares também. Eu fui flagrada algumas vezes.

Após comer tudo e assistir a um episódio de duas horas do *The Voice*, eu estava exausta. — Bom, vou dormir. Te vejo amanhã em casa, quando eu chegar da academia — disse a ela, enquanto caminhava até a cozinha, para colocar nossos pratos na máquina de lavar louça.

— Espere, esquecemos a nossa sorte — Ryan falou, jogando um biscoito da sorte para mim.

Nós sempre jogamos os números da sorte na loteria, além disso, por tradição, adicionamos "na cama" ao final da frase e rimos como garotinhas. — Oh, tem razão. O que diz o seu? — perguntei enquanto eu quebrava meu biscoito e abria o papel.

— A cortesia deve ser recíproca... na cama.

— Eu aposto que Max iria adorar essa sorte pra você — eu disse, rindo dela.

— Eu aposto que sim — ela disse, rindo satisfeita. — O que diz o seu?

— Esteja preparada para receber algo de especial... na cama.

Ryan pegou a sorte da minha mão. — Eu aposto que o gato da academia tem algo a ver com isso!

— Bom, eu tenho certeza que nunca mais vou vê-lo de novo ou ter coragem de falar com ele.

— Aham. Se você não falar com ele até o final da semana, eu irei lá.

Conhecendo Ryan e suas ameaças, eu esperava que algo acontecesse antes que ela assumisse o controle. Isso era também mais uma motivação para eu levantar minha bunda da cadeira e ir para a academia. Eu já tinha decidido que amanhã eu ia voltar e tentar pegar a aula de kickboxing, que acontecia duas vezes por semana, às terças e quintas-feiras.

Eu não o vi na terça e nem na quarta, quando fui malhar. Eu estava começando a pensar que nunca mais iria vê-lo novamente. Até que entrei na aula de kickboxing, na noite de quinta, e lá estava ele na segunda fila. Eu quase tropecei em meus próprios pés, quando o vi.

Eu cheguei um pouco atrasada, por isso fiquei no fundo da sala. Coisa boa, porque me deu a oportunidade de olhar para sua bunda perfeita. No meio da aula, o professor nos mandou fazer duplas, para que pudéssemos fazer abdominais.

Olhei pra cima, disfarçadamente, e ele estava olhando para mim com aquele sorriso que eu não conseguia esquecer. Ele não fez movimento algum em direção a mim e eu também não me movi em direção a ele, mas eu queria muito ter coragem de dizer alguma coisa. Então, a mulher ao meu lado se ofereceu para ser minha parceira e eu perdi a chance.

Enquanto estava segurando as pernas dela, eu olhei para ele, que estava me encarando novamente. Pelo menos, eu achei que estava. Casualmente, olhei ao redor para ver se havia mais alguém para quem ele pudesse estar olhando, mas a única pessoa que estava por perto era um dos caras que estava com uma parceira à minha direita. Ótimo... Era a minha cara ter esse tipo de sorte... ele ser gay.

Assim que a aula acabou, fui para o vestiário. Quando estava prestes a entrar, ouvi uma voz de um homem dizer "Desculpe". Meu coração parou. Mas, quando me virei, era um dos caras que estava do meu lado durante os exercícios. — Eu acho que você esqueceu sua toalha — Decepcionada porque não era o meu gato, agradeci quando ele me entregou a toalha e, em seguida, corri para o vestiário, para me trocar e ir para casa.

Sexta-feira à noite, fui direto para casa, depois do trabalho. Tinha sido um dia longo e tudo o que eu queria era tomar um banho, esquentar uma comida congelada e assistir a um filme de mulherzinha.

Eu estava meio distraída quando Ryan entrou abruptamente pela porta da frente. Toda sexta, ela e Max tinham a "noite romântica" e, normalmente, eles passavam o fim de semana inteiro na casa de Max. — Ei, o que você está fazendo aqui? — quando olhei para ela commais atenção, percebi que ela estava chorando e, rapidamente, corri para lhe dar um abraço. — Oh, meu Deus, Ryan! O que há de errado?

Ryan aceitou o meu abraço e, levou um tempo para se recompor. Sentamos no sofá e ela abraçou os joelhos contra o peito e tentou falar, em meio às lágrimas, sua respiração arfando a cada palavra.

— Nós saímos para jantar e começamos a conversar

sobre casamento, finalmente - você sabe que eu tenho insinuado um anel há meses. E então, nós estávamos falando sobre o tipo de casa que gostaríamos de comprar e quantos quartos nós precisaríamos, e eu disse que precisaria de pelo menos, quatro quartos. Então, ele perguntou por que precisaria de quatro quartos, já que não é como se fôssemos ter filhos — Ryan sempre imaginou viver no subúrbio, com uma casa de cerca branca, um marido amoroso, um cão e pelo menos dois filhos. — E eu disse, "O que você quer dizer com não ter filhos?" E ele disse que trabalha 60 horas por semana e por isso ele não tinha muito tempo disponível para cuidar de um bebê. Ele quer gastar seu tempo livre só comigo e prefere passar as férias na Cidade do Cabo a trocar fraldas sujas.

— Eu achei que vocês já tinham conversado sobre isso e que ele tivesse dito que queria filhos — eu falei, esfregando suas costas levemente, para consolá-la. — Mas espere só um segundo. Vou pegar um pouco de sorvete de chocolate crocante com menta — eu levantei para pegar a embalagem no freezer e colheres. Nós sempre mantínhamos a geladeira abastecida de doces, caso tivéssemos um dia estressante, além de ser o nosso ritual para momentos de crises, como este.

Ryan enfiou uma grande colher na boca, antes de responder. — Bem, acho que ele mudou de ideia. Ou ele só disse isso para me levar pra cama. Eu não sei. Mas ele disse que jamais imaginou ficar amarrado a pequenos "anjinhos".

— Eu sinto muito, Ry. Eu sei o quanto você quer ter filhos. Quem sabe ele mude de ideia com o tempo?

— Quero que ele se foda, Spence, eu terminei com ele — ela disse com raiva.

— Você fez o quê? — minha boca abriu em choque.

— Por que eu deveria perder tempo com alguém que não quer o mesmo que eu?

Ela tinha razão, mas precisava tomar essa decisão com base em uma conversa de, o que, 30 minutos? Eu sabia que ela era loucamente apaixonada por Max, então, eu sabia que ela tinha tomado essa decisão sem pensar.

— Você não acha que, talvez, tenha sido um pouco precipitada? Quer dizer, eu sei o quanto você o ama, mas talvez ele só precise de um pouco de tempo para se acostumar com a ideia de que não ter filhos é um empecilho pra você. Dê a ele a chance de mudar de ideia ou pensar mais sobre isso. Talvez vocês pudessem fazer uma espécie de terapia de casais?

Ryan ainda parecia furiosa, mas seus ombros caíram e ela mordeu o lábio, hesitante. — Eu não sei, Spence. Você realmente acha que eu fodi tudo, ao romper com ele?

Peguei outra colherada de sorvete e suspirei. — Não sei. Eu só sei que vocês são maravilhosos juntos e acho que você poderia ter feito um esforço maior para tentar resolver isso primeiro.

— Talvez, mas eu fiquei com tanta raiva. Pareceu que ele tinha mentido para mim todo esse tempo — novas lágrimas inundaram seus olhos e ela jogou a colher na mesinha.

Coloquei o sorvete para baixo, abracei-a com força e a puxei para fora do sofá, levando-a até o banheiro. — O que você precisa é de um longo banho quente, e depois, cama. Você vai pensar mais racionalmente e se sentirá melhor pela manhã, depois de uma boa noite de sono.

— Como vou conseguir dormir? — ela murmurou, mas ligou o chuveiro.

Tudo o que eu preciso   15

— Bem, você sabe que eu estou aqui, se precisar de mim — eu disse e fechei a porta do banheiro.

Um pouco mais tarde, depois que Ryan saiu do chuveiro, eu a ouvi ir para o quarto. Fui deitar quando o filme que eu estava assistindo acabou, mas antes de entrar no quarto, eu parei na porta dela, para ver como ela estava. Quando inclinei o meu ouvido em direção à porta e ouvi o seu choro, meu coração doeu. Ryan sempre foi uma pessoa difícil, mas até as pessoas difíceis necessitam de carinho. Eu queria consolá-la, mas decidi deixá-la ter um tempo sozinha enquanto ela processava tudo. Pela manhã, eu começaria a minha terapia de melhor amiga com ela. Antes de dormir, rezei para que eles conseguissem conversar sobre isso tudo e voltassem a ficar juntos, porque eles eram perfeitos um para o outro.

Na manhã seguinte, acordei cedo para preparar o café da manhã, e fiz o prato favorito de Ryan: panquecas de chocolate e bacon. Quando o bacon estava quase pronto, Ryan entrou na cozinha parecendo extremamente deprimida e com os olhos inchados de tanto chorar.

— Sente-se, eu estou fazendo seu prato favorito — eu disse, logo que ela entrou na cozinha.

— Não estou com fome.

— Que pena, eu levantei cedo só para fazer um café da manhã especial pra você.

— Tudo bem, você sabe que eu não posso rejeitar bacon.

— Essa é minha garota — coloquei o prato na bancada com o café e disse: — Sabe de uma coisa? Chega de ficarmos nos lastimando e pensando nos homens das nossas vidas. Vamos para Vegas na sexta-feira, curtir uma viagem de meninas!

— Oh, meu Deus, Spence, vamos sim!

Ryan sempre ia à Vegas. Eu sabia que não precisaria perguntar duas vezes. Era a coisa certa - nós precisávamos de uma "mini férias" para processar tudo o que aconteceu conosco. Se Ryan ainda quisesse Max de volta, quando voltássemos Vegas, a operação "reconquistar Max" começaria a todo vapor.

❧Capítulo Dois❧

A semana seguinte voou. Na academia, eu vi o meu gatinho algumas vezes, mas ele apenas sorria para mim, como fazia a cada vez que me via. Talvez ele estivesse apenas sendo educado. Eu já tinha perdido a esperança de que ele fosse me convidar para sair e eu não era atirada o suficiente para dizer qualquer coisa a ele. Pode me chamar de antiquada, mas acho que o cara é quem deve dar o primeiro passo, numa possível relação. Além disso, eu tinha dado a ele muitos sorrisos, para que ele percebesse que eu estava interessada e Ryan já tinha esquecido a ameaça que tinha me feito, por causa de todo o seu calvário com Max.

Na sexta-feira, depois do trabalho, Ryan e eu fomos para o aeroporto. — Eu mal posso esperar! Longas noites bêbadas, seguidas de bronzeamento na piscina, durante o dia. Vai ser demais! — eu disse a Ryan.

— Com certeza. O que você quer fazer primeiro?

— Eu não sei... Vamos ver em que boate podemos entrar hoje à noite, com os convites VIPs, que não tenham strip-tease.

Ryan e eu não éramos novatas em Vegas. Pegando um voo que levava apenas uma hora e meia do Aeroporto Internacional de São Francisco até lá, nós íamos pra Vegas, pelo menos, uma ou duas vezes por ano, às vezes mais.

Assim que nos aproximamos do terminal de embarque, eu o vi. Minha mão esquerda parecia ter vontade própria, e ela

Tudo o que eu preciso   19

se lançou e agarrou o braço direito de Ryan. — Ai! Que diabos, Spence?

— Puta merda! O cara da academia está sentado ali.

— Não acredito! Oh, meu Deus, você está falando sério? Onde? Qual deles? — sua cabeça virou para olhar para ele.

— Cara, não seja tão óbvia! — eu belisquei seu braço, para fazê-la parar de olhar. — Olhe... disfarçadamente para a janela, entre o rapaz e a garota — eu disse, enquanto virava a minha cabeça na direção dele. É claro que, naquele momento, ele decidiu olhar para cima e me pegou, novamente, olhando para. Sem perder o ritmo, ele mostrou aquele sorriso de parar o coração. Senti como se minhas pernas fossem enfraquecer a qualquer momento.

— Caramba! — ela disse, arrastando a palavra. — Ele é sexy, Spence. E eu acho que ele vai para Vegas também.

— Sério? — meu pulso deu um salto ao pensar na possibilidade estarmos sentados lado a lado, no avião.

— Bem, parece que ele está esperando no nosso portão de embarque.

Eu comecei a me sentir um pouco tonta, mas depois eu o vi sorrir e virar a cabeça para ouvir algo que a garota ao lado dele estava dizendo. *Por favor, me diga que não é a namorada dele.* Meu coração começou a disparar.

Eu não sabia se estarmos no mesmo voo era o destino ou mera coincidência, mas isso não importava mais, se ele já tinha sido agarrado. Independente disso, eu não conseguiria sentar no terminal perto dele e morrer de curiosidade pela próxima hora. Suspirando, puxei o braço de Ryan. — Vamos até o bar, beber alguma coisa.

Quando embarcamos, eu o vi, mas eu não tinha certeza se ele reparou em mim, já que Ryan e eu estávamos sentadas na parte de trás do avião e ele, na frente. Eu não sei o que eu teria feito se estivéssemos sentados juntos.

Se eu não fosse tão tímida, eu poderia ter me aproximado dele e puxado assunto. A última coisa que eu esperava, ao chegar ao aeroporto, era encontrá-lo lá e, certamente, eu não poderia imaginar que ele estaria no mesmo voo que eu. Queria saber onde ele estava hospedado e por que ele estava indo para Vegas. E então, me repreendi - nada disso importava se ele tivesse namorada.

Nós aterrissamos em Las Vegas por volta das oito horas. Aproximadamente uma hora depois, Ryan e eu finalmente chegamos ao hotel. Passamos a hora seguinte nos preparando para sair: retocamos nossas maquiagens e acabamos com uma garrafa de champanhe, para abrir a nossa noite festeira. Decidimos colocar saias curtas com tops brilhantes, sandálias de salto alto de tiras que, com certeza, fariam com que nossos pés doessem de tanto dançar. Olhando no espelho, parecíamos modelos e fizemos altas poses, rindo muito, tirando foto atrás de foto, para postar no Facebook. Desde que viramos amigas, muitas pessoas achavam que éramos gêmeas ou, no mínimo, irmãs.

— Ei, que cor de sombra devo passar nos olhos? — Ryan perguntou, enquanto se espremia dentro do pequeno banheiro, onde eu estava me arrumando.

— Eu gosto da roxa. Ela vai ressaltar o castanho dos seus olhos — eu disse, enquanto passava a chapinha no cabelo.

— Legal, que cor você vai usar?

— Eu vou me inspirar na prata.

— Oh, eu gosto. Acho que vai ficar bem com seus olhos castanhos e o top azul.

— Sim, foi isso que eu pensei.

Quando ficamos prontas, partimos em busca de uma balada. Sabíamos que se mostrássemos um pouco do corpo, atrairíamos atenção de vários caras e esperávamos conseguir alguns drinques. Não é como se quiséssemos ficar com um homem aleatório ou qualquer coisa assim, mas comprar bebidas em Vegas era o caminho mais rápido para esvaziar a conta bancária de uma garota. Nós só queríamos ter uma noite divertida, dançar bastante e esperávamos que não tivéssemos uma ressaca muito braba na manhã seguinte.

Descemos para explorar a Strip, rua popular que algumas pessoas chamam de "Disneylândia para Adultos". Fazia algum tempo que Ryan e eu não íamos a Vegas, e nós parecíamos crianças em lojas de doces.

Finalmente encontramos um cara que estava distribuindo convites VIPs para uma boate. Ele nos entregou dois para o *Lavo*, no *The Palazzo*. Felizmente, conseguimos furar a longa fila e entrar de graça. Quando conseguimos entrar na balada, dei uma pequena batida com o meu quadril na bunda de Ryan e sorri para ela - era lindo lá dentro.

O bar estava lotado, mas eu consegui caminhar por entre as pessoas e comprei dois drinques Red Headed Sluts. — Eu vou precisar de, pelo menos, mais um desses antes que eu seja capaz de ir para a pista de dança — eu gritei sobre a música alta, para que Ryan pudesse me ouvir e ela balançou a cabeça, concordando.

Bebemos nossos drinques e me virei para pedir outra rodada, mas o garçom me entregou mais dois antes que eu dissesse uma palavra. — Com os cumprimentos do cavalheiro ali — ele acenou com a cabeça para o outro lado do bar. — O de camisa preta — eu virei a cabeça para ver quem era o cara legal que tinha nos comprado uma bebida. Claro que era *ele*.

Eu me virei para Ryan, batendo no braço dela para chamar sua atenção. — Puta merda, o Sr. Gostoso nos comprou uma bebida!

— Quem? — ela perguntou enquanto dava uma olhada pelo salão.

— O cara da academia. O que eu faço? Oh, meu Deus, o que eu devo dizer? Talvez ele não tenha namorada — eu estava começando a surtar um pouco. Ele me comprou uma bebida... Eu tinha que dar o próximo passo e falar com ele. *Certo, Spencer, está na hora de crescer, agir como adulta e seguir em frente.*

Virei para agradecê-lo, mas ele tinha desaparecido. *Que porra é essa?* Ele estava lá há um segundo e, no segundo seguinte, sumiu. Será que ele era uma espécie de ninja? Eu juro que ele estava ali. Olhei pelo salão, que estava lotado, mas não o vi.

Meu rosto desabou. — Ahh, Ryan... Eu acho que ele foi embora.

Ela encolheu os ombros. — Estranho. Oh, bem... Esvazie o copo e vamos dançar.

Nós fizemos "tim tim" com nossos copos e, alegremente, jogamos nossos shots para dentro e fomos dançar. A pista era levemente iluminada por luzes estroboscópicas e rodeada por mesas com cadeiras de assentos coloridos.

Estávamos dançando há quase meia hora com pessoas diferentes, às vezes, um grupo de meninas, outras vezes com alguns rapazes. Eu estava prestes a deixar a pista de dança e fazer uma pausa para descansar meus pés exaustos, quando senti alguém começar a dançar por trás de mim. Quem quer que fosse, colocou suas mãos em meu quadril. Quanto mais ligada eu ficava, não conseguia pensar em mais nada, e continuei a dançar. Aproximadamente um minuto depois, Ryan se virou para me dizer alguma coisa. Seus olhos se arregalaram e naquele momento, percebi com quem eu devia estar dançando.

O desejo ultrapassou minhas emoções. Esperei quase três semanas pelo seu toque. Fantasiei sobre esse momento por várias noites, quando tudo o que eu podia fazer era pensar nele e no seu sorriso, enquanto tentava cair no sono.

A música vibrava em minha cabeça. Seus braços em volta da minha cintura, por trás, me puxando contra ele. Eu podia sentir os músculos duros de seu peito encostando em minhas costas. Seu quadril se movia contra o meu. Com o seu comprimento duro pressionando minha bunda, eu podia sentir o quanto ele me queria. E eu o queria da mesma forma.

A batida de Jeremih, *Down on Me,* com participação do rapper 50 Cent, brincava com nossos corpos, que se moviam com a música. Estendi o braço direito e minha mão segurou a parte de trás do pescoço dele, deslizando os dedos pelo seu cabelo. Ele me puxou ainda mais contra sua ereção. Parecia que tudo ao redor tinha desaparecido. Tudo o que eu podia fazer, agora, era fechar os olhos e aproveitar o passeio que eu tanto havia desejado.

Nossos quadris explodiram no ritmo da música. Conforme tocava o refrão, eu esfregava minha bunda nele. Senti seu rosto enterrar no meu cabelo quando ele beijou meu pescoço levemente, enviando arrepios por todo meu corpo. A umidade aumentava entre as minhas pernas. Meu coração começou a bater mais rápido e minha respiração ficou ofegante.

As luzes estroboscópicas brilhavam sobre a pista de dança, refletindo em uma bola espelhada que girava conforme a vibração da música que batia em nossos ouvidos. Parecia que estávamos dançando há horas. Tudo parecia estar em câmera lenta, no entanto, Jeremih e 50 Cent ainda estavam cantando.

Assim que a música terminou, o DJ começou a tocar uma das minhas favoritas, um remix da canção de Alex Clare, *Too Close*.

Ele me virou de frente para ele, de modo que sua perna direita encaixou confortavelmente entre as minhas pernas. Ele olhou para mim, seus olhos castanhos presos nos meus. Passei meus braços em volta do seu pescoço e passei os dedos pelo seu cabelo novamente, amando a textura sedosa. Senti suas mãos deslizarem pelas minhas costas, segurando minha bunda, balançando na batida da música.

Minha saia era muito curta, e deslizava lentamente sobre minhas coxas, o que fez com que a frente da minha calcinha ficasse em contato com sua coxa coberta pelo jeans. Meu coração disparou ainda mais quando minha calcinha umedeceu e meu clitóris pulsou com uma necessidade quase dolorosa demais. Seus dedos apertaram minha bunda, enquanto ele me puxava mais firme, contra sua perna. O suor escorria pelas minhas costas - era quase demais.

Ele estava esfregando a coxa contra o meu clitóris, enquanto eu pensava no quanto o desejei por semanas. Eu estava, *finalmente,* dançando com ele - embora eu ainda nem soubesse o seu nome. Mas com o curso dos meus pensamentos e com a sensação esmagadora de tocá-lo e dançar com ele, eu não conseguiria segurar meu clímax, mesmo que eu quisesse. Eu não podia acreditar na intensidade dos sentimentos que ele me despertava, em público, rodeada de pessoas.

Eu puxei seu cabelo com mais firmeza, enquanto tentava não entrar em colapso, por causa da onda de prazer que percorria meu corpo. Apoiei a cabeça no peito dele para abafar o gemido que escapou da minha boca quando cheguei ao clímax. Eu tentei parar de dançar para desfrutar do orgasmo, mas suas mãos agarram minha bunda com mais força contra sua perna, para que nossos corpos continuassem balançando com a música.

Se ele tivesse me pedido para ir até seu quarto, naquele momento, eu teria concordado. Eu nunca tinha me ligado a um estranho, muito menos em Vegas... em uma balada. Eu nunca tinha feito sexo em público, nunca tive um orgasmo em público. Mas eu não me importei.

Por fim, lentamente, paramos de dançar, mas ele ainda estava me puxando com força sobre sua perna e seus olhos estavam presos nos meus. Ele me deu um sorriso, aquele que eu lembrava tão bem. Eu estava tentando relaxar e deixar meu coração voltar ao normal, mas olhar em seus olhos só o fez acelerar mais. Eu ainda não conseguia falar - mal conseguia respirar. Alguns segundos depois, a música terminou. Ele se inclinou, esfregou o nariz no meu pescoço e eu pude sentir sua respiração quente contra a minha bochecha, quando ele sussurrou "Obrigado" e depois foi embora.

⥁Capítulo Três⥀

Obrigado? Mas que porra foi essa?

Fiquei parada ali, atordoada, pelo que pareceu uma eternidade. Ryan parou na minha frente. — Oh, meu Deus, Spence, essa foi a dança mais sexy que já vi!

— Eu preciso de uma bebida... Talvez até mesmo de um cigarro — eu nunca havia fumado antes, mas me parecia apropriado para o momento. Nós caminhamos para o bar, já que eu precisava sentar um pouco. Me espremi entre as pessoas para chamar a atenção do garçom e pedi quatro shots de tequila.

Nós sentamos tempo suficiente para virar nossos shots. Estávamos nos sentindo bem, realmente, muito bem. Eu estava, definitivamente, nas nuvens sem nenhuma nuvem!

Depois de uma passada rápida no banheiro, para olhar no espelho, retomamos nossa dança na pista. Eu só dancei com Ryan, pelo resto da noite, e fiquei um pouco chateada porque ele não voltou a dançar comigo de novo. Mas eu nem tinha certeza se ele ainda estava aqui, pois eu não o vi mais. Fiquei repetindo nossa dança várias vezes na minha cabeça.

Estava quase amanhecendo. Eu bati no ombro de Ryan. — Ry, é hora de dormir — eu estava acabada. Já tinha trabalhado o dia inteiro, antes de sairmos para Vegas, e considerando que minha cabeça já estava uma grande bagunça naquele momento, eu precisava urgentemente da minha cama.

Tudo o que eu preciso   27

Ryan concordou e decidimos encerrar a noite, retornando para o nosso quarto.

⊱⟡♡⟡⊰

No dia seguinte, nós tomamos um *brunch* no *Café Vettro* do hotel *Aria*, onde estávamos hospedadas. Levando em conta que tínhamos "bebido" nosso jantar ontem à noite, nós duas estávamos morrendo de fome. Depois do *brunch*, decidimos ir a área de piscinas do hotel. Lá havia duas piscinas para adultos, que eram perfeitas para nós. De jeito nenhum eu queria passar o dia com crianças gritando e correndo por todo lado. O lounge também proporcionava serviço de bar completo e tinha, até mesmo, menu de comida light. Ryan e eu programamos o nosso dia.

Aproveitar o sol do deserto, no meio de setembro, era perfeito. Quando eu estava quase pegando no sono, na chaise, dois rapazes se aproximaram de nós. — Olá, garotas. Eu sou Trevor e este é meu amigo Matt. Nós gostaríamos de saber se podemos comprar uma bebida paras as moças bonitas — é claro que nós não deixaríamos passar uma bebida grátis.

Ryan falou primeiro. — Podem sim. Eu sou Megan e esta é minha amiga Courtney — nós os cumprimentamos com um aperto de mão. Eu não esperava que Ryan fosse lembrar dos nossos nomes de "Vegas". Nós usamos esses nomes quando não temos interesse no cara que encontramos. Não que Matt e Trevor fossem desprezíveis, mas Ryan e eu não tínhamos o hábito de pegar caras aleatórios fora da cidade.

Matt e Trevor eram altos, com corpos atléticos e tinham ombros de nadador. Eles tinham abdomens esculpidos, de dar água na boca, peitos nus e bíceps enormes. De qualquer forma, nenhum deles fazia o meu tipo. Ambos pareciam surfistas, cabelos loiros e olhos azuis, mas eu preferia o cabelo e olhos castanhos, como os *dele*.

Claro, não havia nada de errado com a aparência dos dois rapazes. Nós estávamos fingindo interesse neles, mas, na verdade, Ryan não teria sequer que fingir que ambos eram o tipo dela. Eu apenas tinha outra pessoa no meu pensamento.

Eles nos compraram uma bebida e conversamos sobre os nossos planos para a noite, mas naquele momento, não tínhamos ideia. Eles recomendaram que fossemos à boate no *Aria*, chamada *Haze*, e nós achamos uma boa ideia, já que ficava no hotel. Após uma hora de conversa, nós nos despedimos e dissemos que talvez nos víssemos, mais tarde, na boate.

Era final de tarde e Ryan quis ir às compras. Depois de nos arrumarmos, fizemos compras pela *Strip*. Fomos ao *Miracle Mile* no *Planet Hollywood*, paramos nas vitrines do hotel *The Venetian* e passeamos pelas lojas do cassino *Bellagio*.

Ryan gastou uma fortuna, mas eu não vi nada que eu quisesse comprar, até que passei pela *Louis Vuitton* do Bellagio. — Eu sempre quis ter uma Louis — eu disse animada. Ryan cresceu com uma vida privilegiada, enquanto eu fui criada em família de classe média. Então, enquanto ela sempre pode fazer compras em lojas de grife, eu comprava minhas roupas e bolsas na loja de departamentos *Target*. E ainda que eu amasse a *Target*, ela não era *Louis Vuitton*.

— Por que você não compra uma? Você não comprou nada o dia todo, além de comida — Ryan não entendia o conceito de viver de salário. Não só sua família tinha dinheiro, como ela também ganhava bem mais que eu. Se eu não estivesse vivendo com Ryan em uma das casas de seus pais, eu provavelmente estaria vivendo num apartamento de um quarto que tivesse menos de 50 metros quadrados e que custasse dois mil dólares por mês.

— Eu não posso pagar uma bolsa de dois mil dólares. — eu disse, rindo da sugestão supérflua de Ryan. — Vamos lá, vamos comer e nos preparar para ir ao *Haze*.

Mais tarde, naquela noite, nós descemos até o térreo e fomos para o *Haze*. Embora estivesse lotado e com pouca iluminação, Matt e Trevor nos identificaram rapidamente.

Eles compraram bebidas novamente e nos convidaram para dançar. Eu dancei com Trevor enquanto Ryan dançava com Matt. Ela parecia estar se divertindo e Matt foi muito atencioso, sem sair um instante do seu lado, durante a noite toda.

No entanto, Trevor dançou um pouco perto demais, para o meu gosto, e tudo que eu conseguia pensar era na minha dança da noite anterior, com o meu gato. Mas eles continuaram a nos comprar bebidas, Ryan estava se divertindo e, finalmente, parecia ter tirado Max de sua cabeça por um tempo, então, eu percebi que o mínimo que poderíamos fazer era dançar com eles.

Estava começando a ficar muito tarde... ou melhor... amanhecendo. Ryan e eu decidimos encerrar a noite. Antes de sairmos, os rapazes pediram nosso telefone. Eles contaram que viviam em Tacoma, Washington, e poderiam vir nos ver em Seattle. Nós havíamos mencionado, anteriormente na piscina, que éramos de Seattle. Nós duas sabíamos como fazer o papel de Megan e Courtney porque tínhamos feito isso várias vezes, ao longo dos anos.

Demos os nossos números falsos e dissemos que esperávamos que eles ligassem em breve.

Na volta ao quarto, eu disse a Ryan que queria colocar os últimos seis dólares que eu tinha no bolso em uma máquina caça-níqueis. Paramos em uma máquina *Lucky 7*. Eu coloquei os meus seis dólares, e pressionei a aposta máxima de três dólares... nada. Apertei o botão novamente e a aposta máxima da primeira linha encontrou um Coringa 7, a segunda linha acertou outro Coringa 7. A terceira linha continuou a girar pelo que pareceu uma eternidade. Prendi a respiração e atingiu mais um Coringa 7! Meu coração parou e Ryan e eu começamos a pular para cima e para baixo, acenando com as mãos e gritando "uhuuu", enquanto o sino tocava na máquina. Eu tinha tirado a sorte grande!

Depois que toda a agitação acabou, o atendente veio me pagar. Eu pensei que eu tinha conseguido um prêmio de milhares, mas, na realidade, o prêmio era de apenas 855 dólares.

— Spence, você deve jogar Texas Hold'em e tentar ganhar a outra metade para comprar a bolsa da Louis!

— Eu não sei... Talvez eu apenas o guarde — a ideia de Ryan parecia tentadora, mas eu não tinha certeza. Eu tinha acabado de ganhar e agora tinha 855 dólares, o que era muito mais do que eu trouxe.

— Vamos lá, Spence, eu vi você levar todo seu dinheiro para sua família no Ação de Graças e você joga o tempo todo online.

Claro, Ryan estava certa. Eu estava apenas nervosa. Eu nunca tinha jogado com pessoas *reais* antes. — Tudo bem, vamos lá. O que eu realmente tenho a perder?

Tudo o que eu preciso   31

Enquanto íamos para a sala de poker, observei a sala do High Roller. Eu poderia ganhar muito ou ir para casa sem nada. Andamos pela sala e eu parei de repente, fazendo Ryan bater em mim, por trás. — Ai, Spence, por que você parou?

Eu dei uma virada na cabeça de Ryan para a esquerda. *Ele* estava sentado à mesa. Seus olhos se arregalaram, mas ela não disse nada e nem eu.

Eu, nervosamente, sentei na cadeira vazia que estava na outra extremidade, bem em frente a ele, que estava sentado com o cara e a garota que eu tinha visto com ele, no aeroporto. Quando sentei, seus olhos se iluminaram e lá estava aquele sorriso preguiçoso e sexy novamente.

O dealer pegou o meu dinheiro e me entregou 855 dólares em fichas. Uma vez que a mesa tinha aberto com 100 dólares, eu só poderia jogar oito mãos, se eu não ganhasse nenhuma ou se alguém levantasse o pre-flop.

No Texas Hold'em, cada jogador recebe duas cartas viradas para baixo. Todo mundo que quer jogar faz uma aposta e os que não querem, desistem, dando suas fichas de volta ao dealer. Depois que todo mundo coloca as fichas que correspondem à aposta, o dealer descarta uma ficha e em seguida vira três pra cima, o que é conhecido como flop. Todos apostam ou dobram de novo, e em seguida, o dealer descarta uma carta e vira sobre a outra, que é conhecida como turn. Depois que todo mundo aposta ou dobra novamente, o dealer descarta uma última carta e depois vira a carta final, que é conhecida como river. Todo mundo que ainda está jogando aposta ou dobra de novo, e então você vira as suas cartas para ver quem tem a melhor mão.

Como a maior aposta era de 100 dólares e a menor era de 50, eu pensei comigo mesma que essa era uma péssima ideia. Mas agora que ele estava aqui, eu fiquei colada na cadeira.

Eu não joguei minha primeira mão. Eu recebi um sete de paus e um dois de ouros. Eu entendia o suficiente para saber que um 7-2 era a pior mão no poker. Ótimo, onde isso vai dar? Eu olhei para cima e ele me deu um sorriso que eu interpretei como *"Hey, eu sei o que você fez na noite passada!"*. Senti meu rosto começar a corar, enquanto lembrava dos detalhes daquela noite, muito claramente.

Enquanto o dealer distribuía a próxima mão, seu amigo virou para mim e começou a apresentar a todos. — Oi, eu sou Jason, esta é minha esposa Becca, e este aqui é Brandon — disse ele, apontando para o meu gatinho. O senhor mais velho sentado à mesa se apresentou como Stan, mas não conhecia Brandon e seus amigos. Finalmente, ele tinha um nome e a mulher que estava com ele não era sua namorada. Fiquei aliviada. Quando dançamos, eu nem tinha lembrado dela.

— Oi, eu sou Spencer e esta é Ryan — já que Brandon era da minha academia, eu sabia que não precisava dar os nossos nomes falsos... especialmente depois da dança, e principalmente, porque eu queria conhecê-lo. Deus, eu queria conhecer esse homem lindo!

— Então, garotas, de onde vocês são? — pelo tom da pergunta de Jason, eu sabia que ele já sabia a resposta.

— São Francisco. E vocês? — dois poderiam jogar este jogo.

— Uau, que coincidência. Nós também somos — Jason disse, respondendo a minha pergunta.

— Sabe, você parece com uma menina que frequenta a mesma academia que eu — Brandon disse, olhando dentro dos meus olhos, fazendo o suor aumentar na palma da minha mão.

Tudo o que eu preciso   33

— Ah, é? Eu comecei a frequentar uma nova academia, a Club 24, há algumas semanas... Hum, pensando bem, você me parece familiar — nossos olhos estavam presos um no outro e ele me mostrou seu sorriso. Nós dois sabíamos quem era o outro, mas eu continuei jogando o seu jogo.

— Sim, agora tenho certeza que era você — Brandon falou, com olhar sedutor.

Durante a hora seguinte, nós conversamos um pouco, falamos sobre São Francisco e porque estávamos em Las Vegas. Ryan, com a sua boca grande, explicou a todos que eu estava jogando poker porque tinha acabado de bater um jackpot em uma máquina caça-níqueis e queria tentar duplicar o dinheiro para comprar uma bolsa Louis Vuitton. *Obrigada, Ryan. Agora eu estava completamente envergonhada.*

Brandon e eu nos ficamos olhando um para o outro a madrugada toda. Não mencionamos a noite anterior, mas ele me dava o seu característico sorriso, de parar o coração, com frequência.

Eu ganhava a maioria das mãos que jogava, e achei que estava prestes a chegar a dois mil dólares. Na rodada seguinte, o dealer me tratou como rainha.

Tendo uma mão inicial forte, eu aumentei o pre-flop para 400 dólares. Uau, isso era um quarto do meu aluguel. Todos dobraram, exceto Brandon.

No flop, o dealer virou um rei de paus, ás de ouros e um dois de espadas. Trinca de reis não é ruim. Engoli em seco, tentando manter a minha cara de poker e então apostei 500 dólares. Brandon cobriu. O dealer virou um oito de espadas. Isso não me ajudava. Apostei mais 500 dólares e Brandon cobriu novamente. O dealer, então, virou um sete de copas na mesa e, novamente, não foi de nenhuma ajuda para mim.

Sabendo que um três de qualquer naipe era uma mão forte e não havia nenhuma chance de sequência ou um flush, eu empurrei todas as minhas fichas no meio e disse "aposto tudo". Brandon me olhou e piscou, abrindo seu sorriso, o qual eu já estava apaixonada. Eu sabia que estava em apuros.

— Eu cubro — ele falou. O dealer contou todas as fichas que eu tinha colocado no meio, que totalizavam 1.650 dólares. Eu estava nervosa, não podia acreditar que eu tinha acabado de apostar todo o meu dinheiro. Meu coração começou a bater mais rápido e minhas mãos estavam suadas. Era isso. Eu poderia ganhar o suficiente para minha bolsa ou ir para casa de mãos vazias.

Virei meu par de reis revelando que eu tinha uma trinca. Ainda sorrindo, Brandon virou seu par de ases. *Merda! Claro.* Brandon também tinha uma trinca, mas os ases dele venceram meus reis.

Eu estava atordoada. Quais eram as chances? — Ah, Spence, você perdeu todo o seu dinheiro! — Ryan disse tristemente. Não brinca, Sherlock!

— Sim, bem, foi bom jogar com vocês — eu disse enquanto me levantava. — Hora de encerrar a noite, Ry — Eu estava extremamente desapontada, mas, pelo menos, eu conheci Brandon, oficialmente.

Ryan e eu viramos para ir embora, mas parei quando Brandon falou. — Ei, Spencer...

Eu hesitei por um breve momento e então me virei. — Sim?

Sorrindo, Brandon disse: — Vejo você na academia, segunda-feira.

— Ok — eu disse com um enorme sorriso no rosto. Eu devia parecer uma completa idiota, sorrindo de orelha a orelha, mas eu não me importava. Vegas tinha acabado por ser tudo o que eu havia desejado e muito mais.

Ryan e eu saímos do salão e eu sentia borboletas no meu estômago. Assim que saí do alcance do seu olhar - pelo menos eu esperava que sim - nós fizemos uma pequena dança da vitória e eu pulei para cima e para baixo. O gato da academia, finalmente, falou comigo! Ao contrário do slogan de Vegas, "nem tudo que acontece em Vegas, permanece em Vegas" - graças a Deus!

Chegamos de Vegas, em casa, no domingo à tarde. Nós duas estávamos exaustas: festa por todo o fim de semana exigia muito de nós. Pedimos pizza e colocamos nossos pijamas, como se já tivéssemos decidido que a noite encerraria cedo para nós duas. — Você está nervosa para ver Brandon amanhã? — por que Ryan sempre parecia fazer as perguntas mais óbvias?

— *Hum, sim* — Deus, eu estava nervosa. Seria a primeira vez que nos encontraríamos, "sozinhos", depois de Vegas e a nossa dança. Eu não tinha ideia do que aconteceria.

Virei e revirei a noite toda na cama, porque meu cérebro, simplesmente, não desligava.

No dia seguinte, o trabalho avançou como uma segunda-feira normal, muito lenta e eu pensei que jamais acabaria. Finalmente, às cinco, caminhei para a academia. Meu passe de convidado tinha expirado, então, eu tinha que fazer a matrícula regular.

Quando cheguei à recepção, havia uma pessoa na minha frente. Enquanto esperava, olhei em volta, mas não vi Brandon. Finalmente, chegou a minha vez. — Oi, eu preciso fazer minha matrícula regular — eu disse para o cara da recepção.

Antes que ele tivesse a chance de responder, eu ouvi Brandon falar atrás de mim. — Luke, eu cuido da matrícula de Spencer.

— Sim, Sr. Montgomery — Luke disse.

Então, nesse momento, Brandon ficou à minha direita inclinando-se sobre a mesa. Eu, rapidamente, o avaliei de cima a baixo. Ele estava vestindo uma bermuda de basquete preta e uma camiseta regata que se agarrava ao que parecia ser o abdome perfeito, e eu soube que era um tórax duro como uma rocha. Seus bíceps eram grandes, mas nada exagerados. Ele era perfeito.

— Isso não é necessário — eu disse a Brandon.

— É o mínimo que eu posso fazer depois de tirar todo o seu dinheiro — ele disse, com riso na voz.

— Ha, muito engraçado. Mas realmente, você não precisa. Era apenas o dinheiro que eu ganhei em Vegas mesmo, então, não é grande coisa.

— Spencer, não se preocupe com isso, eu meio que sou o dono deste lugar.

— O quê? Sério? — eu não esperava que ele dissesse isso, eu apenas pensei que frequentássemos a mesma academia, não que eu frequentava a academia *dele!*

— Aham, agora vá se trocar, pra gente malhar — ele disse, com um tom um pouco autoritário, mas eu gostei.

Corri e me troquei. Brandon estava esperando por mim

quando eu saí do vestiário. — Pronta? — ele perguntou.

— Aham — caminhamos até as esteiras. Novamente, isso me fez lembrar da cena de um dos meus livros favoritos. Se cada dia de trabalho terminasse assim, eu, provavelmente, jamais me aposentaria.

Depois de correr na esteira por 20 minutos e compartilhar olhares de flertes, Brandon me perguntou se eu queria ir para a sala de musculação. Eu nunca tinha levantado peso antes, porque eu achava que precisava fazer apenas cardio. Eu não queria ser volumosa como um homem, mas ele me garantiu que eu precisava de ambos. Quem era eu para discutir? Ele era, o dono da academia, então isso, com certeza, significava que ele sabe das coisas.

Na sala de musculação, ele me mostrou alguns exercícios básicos. Enquanto eu estava concentrada em fazer o possível para não deslocar um músculo, ele estava trabalhando seu tríceps.

Brandon estava inclinado para trás, em um banco de peso com as pernas esticadas à frente dele, enquanto fazia abdominais. Foi então que eu vi a coisa mais sexy que eu já tinha visto na vida. Nem todos os homens têm, mas quando têm, dá água na boca. As pessoas se referem a isso como "ferradura" - é onde o tríceps é tão definido, que faz um formato de ferradura na parte de trás do braço, quando flexiona os músculos.

No exato momento que comecei a lamber os lábios, Brandon olhou para mim. — Está gostando do que vê? — *puta merda, vou gostar sempre!*

— Uh huh... — foi tudo que conseguiu sair da minha boca.

— Bom — ele disse com uma piscadela.

Depois que malhamos na sala de musculação, Brandon me levou de volta para o vestiário. — O que você fará amanhã à noite, após a academia? — ele perguntou.

Não querendo parecer muito ansiosa, eu fingi pensar por um momento e depois disse, casualmente: — Eu não tenho nenhum plano.

— Você gostaria de jantar comigo, depois de malhar?

— Claro, eu adoraria — disse, sorrindo para ele. — Vejo você amanhã — me virei e entrei no vestiário.

Quando cheguei em casa, Ryan estava na sala assistindo TV. Ela começou a me interrogar sobre a noite na academia.

— Então me diga. Você o beijou?

— Enquanto malhava?

— Ele poderia ter encurralado você no vestiário feminino.

— Quem me dera!

— Então, o que você fez?

— Primeiro, Brandon tem o corpo mais sexy que eu já vi!

— Você não o beijou, mas você fez sexo?

— O quê? Não! Mas eu posso dizer. Enquanto ele estava levantando peso, eu vi que ele tem a ferradura em seus tríceps, pelo amor de Deus!

— Uau, isso é sexy — ela concordou com um suspiro melancólico.

— Eu sei, exatamente! Além disso, ele é o dono da academia.

— Puta merda! Sério?

— Sim, e ele cuidou da minha matrícula.

— Ah, eu estou com tanta inveja de você agora, Spencer — Ryan disse, enquanto se espreguiçava no sofá.

— Eu sei. Eu não posso acreditar que isso está acontecendo. Ah, e nós vamos jantar amanhã, depois de malhar.

— Eu te odeio — Ryan disse em voz baixa, cruzando os braços sobre o peito.

— Não, você não odeia.

— Sim, eu odeio! — nós rimos. Ryan nunca foi boa em esconder seu ciúme.

❧Capítulo Quatro❧

No dia seguinte, na academia, Brandon se juntou a mim, na aula de kickboxing. O instrutor nos deu um olhar estranho, quando entrou na sala. Eu pensei, por um segundo, que pudesse ser porque o dono da academia estava em sua aula, mas então eu lembrei que ele também estava aqui na semana passada. Desta vez, durante os abdominais, fizemos parceria de imediato.

Depois que fiz minha série de cinquenta abdominais, nós trocamos de posição, para que ele pudesse fazer a série dele. Eu coloquei minhas mãos em seus pés, para mantê-los firmes no chão, e meu rosto se aproximou de seus joelhos dobrados. Sua bermuda de basquete deslizava em sua perna, expondo um pouco da sua coxa grossa e musculosa.

Quando Brandon chegou no número quarenta e nove, ele interrompeu o exercício e, rapidamente, roçou seus lábios nos meus, me pegando de surpresa. Ele fez o mesmo com o número cinquenta e eu precisei me segurar para não montar em cima dele, mesmo com a sala lotada, e devolver o beijo, mas isso aconteceria em breve. Eu estava, realmente, começando a gostar de malhar.

Depois da aula, fui para o vestiário tomar banho e me preparar para o jantar. Eu tinha trazido roupas, para que eu não tivesse que perder tempo correndo até em casa para me arrumar.

Eu coloquei um vestido azul marinho simples, que caía levemente acima dos joelhos. Ele era sem manga e com babados na frente. Eu destaquei o visual com um cinto de corda trançada, uma sandália de couro de cobra e uma bolsa pequena plissada, todos de cor creme. Determinada a não deixar Brandon esperando, eu sequei o cabelo rapidamente, e coloquei meus brincos de diamante, com corte princesa.

Quando saí do vestiário, Brandon estava encostado na parede do lado de fora, esperando pacientemente por mim. Ele estava vestido com jeans escuro, uma camisa de botões, de manga longa preta, risca de giz, e seu cabelo estava um pouco espetado, mas com um visual de "me fode agora", e ele cheirava a ar fresco misturado com sol quente, à robustez da terra e homem. Eu ainda não sabia qual era seu perfume, apesar de já ter sentido o cheiro antes.

— Ei, linda — Brandon disse, assim que pegou o primeiro vislumbre da minha saída do vestiário. — Uau, você está de tirar o fôlego.

— Obrigada, você não está nada mal — eu estava corando.

Ele colocou a mão na parte inferior das minhas costas, enviando arrepios de excitação pela minha espinha. Nós saímos da academia em direção ao estacionamento e ele me guiou até a sua Range Rover Sport prata, que estava estacionada em uma das duas vagas "reservadas". Agindo como um cavalheiro, Brandon deu a volta e abriu a porta do lado do passageiro. Enquanto ele caminhava para o lado do motorista, me peguei olhando o elegante interior, todo de couro preto com detalhes cromados. Parecia muito masculino para mim.

— Está com frio? Gostaria que eu ligasse o aquecedor de assento? — Brandon perguntou ao deslizar para dentro do carro.

— O quê? Seu carro tem aquecedores de bunda? — eu perguntei com uma risada.

— Sim, nós vivemos na área da baía.

Não havia argumento. São Francisco parecia ter mais dias nebulosos do que dias de sol, durante o ano. Só algumas semanas fora dos meses de verão eram perfeitas, sem muito calor. Mas as noites eram sempre muito frias.

— Eu amo ter o meu traseiro aquecido! — eu disse com um grande sorriso no rosto. Afinal de contas, eu estava de vestido.

— Vou ter que me lembrar disso.

— Onde vamos jantar? — eu perguntei, sorrindo pelo comentário, enquanto ele saía do estacionamento. A música *Home* de Michael Bublé estava tocando baixinho, em segundo plano.

— Você gosta de frutos do mar? Eu estava pensando que poderíamos ir ao Scoma, em Sausalito.

— Eu adoro. Parece perfeito.

Havia uma filial do Scoma que ficava a apenas alguns minutos da academia. Mas imaginei que Brandon quisesse ficar mais tempo comigo, assim como eu queria ficar com ele. Durante nosso trajeto de São Francisco à Sausalito, Brandon estendeu a mão e entrelaçou seus dedos nos meus, acariciando a palma da minha mão com o polegar. A ponte Golden Gate estava iluminada com luzes douradas, enquanto o sol estava se pondo atrás das nuvens, que começavam a aparecer.

— Vocês se divertiram em Vegas? — eu perguntei.

— Digamos apenas que Vegas foi... inesquecível — ele disse com um sorriso enorme, que me fez corar. — Eu nunca fui um grande fã do 50 Cent antes, mas eu tenho que admitir que sou um novo adepto — meu rosto estava completamente vermelho

e eu me concentrei, energicamente, no painel à minha frente.
— Mas como é que você sabia que era eu?

Eu me virei para ele com a cara ainda vermelha. — Ryan e eu somos amigas desde sempre. O olhar que ela me deu disse tudo.

— Bem, eu fiquei considerando se teria a sorte de não ganhar uma joelhada na virilha. Mas quando vi você lá, dançando toda sexy e confiante, eu não consegui me controlar.

— Eu não iria dançar com qualquer um *assim* — ele estava fazendo com que eu sentisse meu corpo quente da cabeça até as pontas dos meus dedos dos pés e eu apenas sorria como uma idiota. Eu não conseguia segurar o sorriso.

— Então, você e Ryan se divertiram no resto da viagem?

— Sim, muito! Nós precisávamos de um passeio de garotas. Ela terminou um namoro, recentemente. Quanto você ganhou na mesa de poker?

— Depois que eu levei o seu dinheiro, eu tirei mais dois mil de Stan. Depois disso, encerramos a noite, já que estávamos só Jason, Becca e eu, então eu saí da mesa... com aproximadamente quatro mil.

— *Caramba*, isso é muito.

— Sim, não foi tão ruim. Jason me fez pagar o café da manhã, antes que fôssemos para a cama.

Após dirigir por mais ou menos 20 minutos, nós entramos no centro de Sausalito, indo em direção ao estacionamento do restaurante para procurar uma vaga. Quase ao final da Bridgeway onde o restaurante Scoma era localizado em um pequeno cais, encontramos o estacionamento aberto.

Nós saímos do carro e começamos a andar em direção ao restaurante. Ele estendeu sua mão e agarrou a minha de novo, o que me fez sorrir. Tinha muito tempo desde que eu tinha estado em um primeiro encontro. Eu estava tão nervosa que sentia borboletas no estômago.

O Scoma é construído em um cais, sobre a baía de São Francisco. Brandon tinha reservado para nós uma mesa perto da janela. Mesmo sendo uma noite nublada e parecendo que poderia chover a qualquer momento, a vista era absolutamente linda. Eu pedi um Scallops Parmigano e Brandon pediu Ahi Tuna de gergelim e uma garrafa de Groth Sauvignon Blanc 2011, de uma vinícola local, em Napa.

— Há quanto tempo você vive em São Francisco? — Brandon perguntou, depois que o garçom anotou nossos pedidos.

— Ryan e eu nos mudamos para cá logo após a faculdade... então, tem cerca de cinco anos. E você?

— Jason, Becca e eu nos mudamos para cá, de Austin, há quase um ano e meio. Fomos todos para a A&M, Universidade do Texas.

— Qual é a sua especialização?

— Bem, eu ganhei uma bolsa de estudos integral, pelo futebol, mas eu me machuquei no segundo ano e não pude seguir com o meu objetivo, que era uma carreira no futebol profissional. Eu nunca mais joguei de novo. Eu me concentrei mais nos meus estudos e, Jason e eu nos formamos em administração de empresas.

— Uau, como você se machucou?

— Hum, essa é uma longa história, eu vou guardá-la para uma outra hora.

— Ok. Bom, e o que fez vocês três se mudarem para cá?

— Depois da faculdade, eu e Jason abrimos uma academia em Austin, e, como foi bem sucedida, decidimos abrir uma em Houston, que é o lugar onde nasci. Então, abrimos uma terceira em Denver, quando surgiu a oportunidade de comprarmos uma academia que estava fechando. Depois disso, estávamos prontos para uma mudança de ares e eu queria abrir uma filial na costa oeste, por isso, decidi me mudar para São Francisco. É muito mais fácil se concentrar no crescimento de um negócio quando você vive na mesma cidade. Foi mais difícil quando estávamos gerenciando Houston e Denver, vivendo em Austin.

— Eu sempre quis ir ao Texas. Gostaria de ver o Álamo, um dia.

— Talvez eu possa te levar qualquer dia desses — ele disse sorrindo, me fazendo corar.

— Parece divertido.

O garçom voltou e, habilmente, serviu nossos copos de vinho, além de deixar pão quente e manteiga em cima da mesa. Eu senti meu estômago roncar ao perceber que eu não tinha comido nada, desde a hora do almoço.

— Sabe, quando te vi pela primeira vez na academia, eu quis falar com você. Eu até consegui me aproximar enquanto você corria na esteira, mas não tive coragem de falar. Além disso, eu ainda estava meio que vendo alguém naquela época, e isso não teria sido justo com você ou com ela.

— Sim, eu não tive coragem também — *merda, isso acabou de sair da minha boca?* Nós dois rimos.

— Christy, a garota que eu estava vendo, e eu não temos

mais nada em comum. Ela se tornou uma pessoa extremamente preguiçosa com o passar dos poucos meses que estávamos namorando, deixou o emprego porque estava entediada, questionava cada passo meu, cada telefonema e mensagens de texto e odiava Jason. Aparentemente, Jason não era muito chegado a ela também. Eu, finalmente, terminei com Christy uma semana antes de Vegas. Quando isso aconteceu, eu pensei em falar com você, mas achei que era muito cedo. Então, eu te vi no aeroporto, o que me pegou de surpresa. Antes que eu pudesse ir até você, você desapareceu. Quando vi você e Ryan no *Lavo*, naquela noite, eu sabia que tinha que falar com você. Só que, depois que dançamos, eu mal conseguia formar duas palavras na minha boca — Brandon disse, com uma risada.

Fiquei surpresa com isso. Ele parecia tão controlado, calmo e sereno - tão seguro de si e confiante. Eu mal consegui falar depois que dançamos e precisei de duas doses de tequila para acalmar meus nervos.

— Desculpe ter saído daquele jeito. Naquele momento, eu tive que voltar para o meu quarto e... você sabe, tomar um banho frio — o rosto de Brandon estava ligeiramente corado, então, eu quase podia imaginar que o meu rosto deveria estar vermelho brilhante, naquele momento. — Fiquei muito feliz por ter terminado com Christy antes de ir para Vegas. Felizmente, eu consegui te conhecer um pouco melhor e aqui estamos nós.

— Estou feliz também. Se eu passasse mais uma noite sem dar nenhuma informação a nosso respeito, para Ryan, acho que ela teria ido até a academia, na segunda-feira, para chutar o seu traseiro por não tomar uma atitude!

O garçom voltou com a entrada, quando o sol se pôs por trás das nuvens escuras. Olhando em direção a baía, vi delicadas luzes piscando na pequena cidade de Belvedere. Durante o jantar, conversamos sobre hobbies, gostos, desgostos, filmes favoritos, enfim, tudo o que você costuma perguntar num primeiro encontro. Eu descobri que ele gostava de praticar mountain bike com os amigos, odeia brócolis, sua comida favorita era costela na brasa e seu filme favorito dos últimos tempos era *Mong & Lóid,* com Chris Farley.

Ele adorava esportes, seu time de beisebol era a nossa equipe local, o San Francisco Giants, o de hóquei também era a equipe local, o San Jose Sharks, e seu time de futebol do coração era o Dallas Cowboys.

Eu não tinha certeza se eu estava pronta para falar sobre o Trav*idiota*, então, eu lhe disse que tinha acabado de sair de um relacionamento, que durou dois anos, e não entrei em detalhes. Ele não me pressionou para saber mais detalhes, mas continuou a ouvir atentamente quando eu disse que adorava todas as equipes esportivas que ele mencionou, exceto o time de futebol. Eu era fã do Forty Niners.

Brandon tinha um ingresso extra para o jogo do Giants, e combinamos de irmos juntos, com Jason e Becca. Eu estava emocionada porque ele parecia querer passar mais tempo comigo. Eu não lembrava como era sentir borboletas no estômago com um relacionamento e estava adorando poder ficar aqui por horas e conversar com Brandon. Era estranho como eu já me sentia confortável com ele.

Lembrar do meu primeiro encontro com o Travis tinha sido bastante desagradável. Mesmo que eu estivesse atraída por ele, a conversa não fluiu como estava sendo com Brandon. Tivemos vários silêncios constrangedores. Mas com Brandon, tal problema não existia - a nossa conversa fluía como se já nos conhecêssemos há anos.

O tempo passou depressa, logo começou a ficar tarde e Brandon tinha uma reunião importante, na manhã seguinte. Estávamos prestes a sair do restaurante, quando um temporal tinha acabado de cair. Nós não tínhamos trazido guarda-chuva. Realmente, o meteorologista disse que ia chover esta noite, mas eles nunca acertavam... exceto hoje.

— Quer dar uma corrida, ou você prefere que eu vá pegar o carro?

Não querendo parecer uma dondoquinha, eu disse: — Vamos correr, um pouco de água não vai fazer mal.

Brandon sorriu, pegou minha mão, e saímos porta afora, correndo. Encharcados pela chuva que caía, nós finalmente chegamos ao carro. Brandon abriu a minha porta, deu a volta na frente do carro e entrou.

— Uau, está caindo o mundo! Eu tenho algumas toalhas da academia aqui, em algum lugar — ele disse virando para o banco de trás, para pegá-las. Brandon me entregou uma toalha e ligou o carro, e em seguida, o aquecedor e o "aquecedor de bumbum". Eu estava começando a tremer de frio por estar molhada.

Eu estava me secando quando Brandon estendeu a mão para me ajudar. — Aqui, esta está seca — ele disse e começou a secar minha perna esquerda com a toalha seca que estava em suas mãos. Seu toque provocou um profundo desejo no meu estômago. Segurei a mão dele para impedi-lo de secar minha perna e olhei em seus olhos, nossos rostos muito próximos. Eu me inclinei e o beijei levemente.

Comecei a me afastar quando percebi o que eu tinha feito. Brandon deixou cair a toalha que estava usando para secar minha perna, agarrou a minha nuca e me beijou mais

Tudo o que eu preciso   49

intensamente. Com nossas bocas ainda grudadas e as línguas explorando a boca um do outro, eu o empurrei para trás e passei por cima do console central para montar nele. Minhas costas estavam pressionadas desconfortavelmente contra o volante, mas não me importei. Coloquei minhas mãos em formato de concha em seu rosto barbeado, enquanto suas mãos corriam suavemente para cima e para baixo nas minhas pernas e minha pele formigava apenas com seu toque. Eu podia sentir a umidade causada pela chuva em sua calça jeans, pela minha pele nua sob o meu vestido.

Sua forte ereção estava pressionada na minha coxa esquerda. Flashes da nossa dança vieram à minha cabeça e eu gemi. Ele moveu suas mãos quentes pelas minhas pernas e segurou minha bunda por baixo do vestido, só o material fino da minha calcinha separando seus dedos da minha pele. Interrompendo o beijo, percorri meus lábios por seu queixo, até chegar abaixo do seu pescoço. Senti sua pele um pouco salgada, quando o lambi levemente, seu pulso começou a bater mais rápido, ao mesmo tempo em que eu me esfregava com mais força contra seu pênis protuberante. Eu nunca tinha sido tão atirada na minha vida. Só Brandon tinha esse efeito em mim. Ele era, de longe, o melhor beijo que eu já tive e era como se meu corpo ansiasse pelo dele. Eu simplesmente não tinha o suficiente.

Senti seus dedos deslizarem pela minha calcinha, passando pela minha bunda. Minha pulsação acelerou, conforme eu pausei o beijo, a antecipação era quase tão emocionante como eu imaginava que seu toque seria. Seus dedos me acariciaram, levemente, brincando com meus grandes lábios e eu gemi novamente. — Puta merda, você está tão molhada! — Brandon sussurrou no meu ouvido, sua respiração quente contra a minha pele.

— Bem, nós acabamos de correr na chuva — eu disse, sem fôlego.

— Não foi isso que eu quis dizer — ele disse com aquele sorriso, então, tomou meus lábios novamente. Sua boca era quente e sua língua imitava os movimentos dos seus dedos sobre a pele sensibilizada da minha entrada. Meu estômago apertou com excitação.

Endireitei minha coluna e inclinei a cabeça para trás, quando Brandon agarrou um punhado do meu cabelo, com a mão esquerda, inclinando a minha cabeça ainda mais para trás. Ele depositou beijos leves sobre o meu pescoço, enquanto ajustava a mão para inserir dois dedos em mim.

Outro gemido escapou da minha boca quando seus dedos me preencheram. Seus dedos se moviam dentro de mim e ele esfregou seu polegar sobre o meu clitóris. De repente, senti uma vibração na minha perna direita. Percebendo que era o celular de Brandon tocando, eu perguntei, olhando em seus olhos: — Você precisa atender?

— Não, isso não deve ser tão importante. Eu ligo de volta depois — ele disse, voltando a sua boca para a minha. A chuva dançava por todo o carro, as janelas embaçaram conforme misturava o calor do nosso corpo com o aquecedor do carro. Eu me senti tão bem com os lábios de Brandon nos meus, que eu queria continuar a beijá-lo para sempre.

Minhas mãos deslizaram sobre seus bíceps duros, seu peito e torso firmes. Movi minha mão e tracei os botões de sua camisa enquanto eu deslizava por eles para que eu pudesse sentir seu abdome suave e esculpido. Seus dedos seduziram todos os meus pontos certos, enquanto o polegar continuava a circular sobre o meu clitóris. Senti meu corpo ficar perto do clímax.

Tudo o que eu preciso   51

Baixei a cabeça para depositar leves beijos por seu pescoço e comecei a correr as mãos pelo seu cabelo macio, quando meu corpo começou a tremer. Continuando a montar em seus dedos, pressionei minha língua sobre seu pescoço e, em seguida, o mordi levemente.

Quando Brandon removeu os dedos, nós ficamos abraçados. Eu não queria ir embora. Ele se esticou sobre as minhas costas, desligou o carro e abriu um pouco a janela. — Está ficando um pouco quente aqui.

— Um pouco? — eu estava molhada por causa da chuva e pela nossa paixão.

Depois de alguns minutos, ele gentilmente pegou meu queixo, se inclinou levemente e me beijou. — Hora de te levar para casa.

Eu voltei para o meu lugar e afivelei o cinto de segurança, enquanto Brandon dirigia. Eu estava concentrada em desacelerar as batidas do meu coração e me acalmar novamente.

Brandon olhou para mim com um sorriso: — Então, você é uma mordedora?

ꙅCapítulo Cincoꙅ

Tinha parado de chover no momento em que chegamos à minha casa. Brandon me acompanhou até a porta da frente e me deu um beijo de boa noite. — Eu te vejo amanhã, na academia — ele disse, na hora em que virou para sair.

— *Detalhes!* — Ryan gritou assim que meu pé cruzou a porta. Eu lhe contei tudo sobre a minha noite, mas deixei de fora alguns dos detalhes que aconteceram depois do jantar.

— Como foi a sua noite? — eu perguntei, mudando de assunto. Ryan disse que ela havia passado a noite assistindo ao *The Voice,* enquanto comia a sobra de pizza da noite de domingo. Eu achava que ela ainda estava deprimida. Eu queria animá-la, mas ela precisava de algum tempo antes de colocar em andamento o meu plano de reconquistar Max.

— Amanhã, quando eu chegar em casa, da academia, você quer sair para jantar e beber? Quem sabe um karaokê no The Mint?

— Não.

— O quê? Por que não?

— Eu só quero sentar aqui e assistir TV.

— Oh, não, você não vai. Lembra-se de como eu estava há duas semanas?

— Sim...?

Tudo o que eu preciso   53

— E o que você fez comigo?

Ryan hesitou por um minuto e, finalmente, concordou que uma noite fora poderia lhe fazer bem.

No dia seguinte, na academia, Brandon me cumprimentou com um beijo, quando eu saí do vestiário. Nós malhamos juntos, como havíamos feito na segunda-feira. Eu lhe contei meus planos para a noite e ele mencionou que ele e Jason jogam poker, com alguns de seus amigos, nas quartas-feiras. Depois da nossa malhação, peguei minhas coisas no vestiário e ele se ofereceu para me dar uma carona até em casa. Como eu ia de ônibus para o trabalho, não me importava de pegar uma carona, depois da academia.

Quando chegamos à minha casa, Brandon me deu um beijo de boa noite e certificou-se de que eu iria à academia na quinta. Confirmando, eu soprei um beijo e acenei antes de entrar.

Ryan já estava se preparando para sairmos e parecia estar de bom humor. Rapidamente fiquei pronta e fomos para o Fog City Diner. Sentamos em uma das mesas de couro preto, perto da janela e pedimos um "Mac & Cheese", três tacos de frango para dividir e Cosmopolitans. O Fog City Diner era famoso por ter aparecido no filme *Uma noiva e tanto* e estava sempre cheio de clientes. Era um restaurante sofisticado, pequeno e descontraído, com a decoração no padrão xadrez preto e branco, dos anos cinquenta, por toda parte.

Logo depois que a nossa comida chegou, olhei em direção a porta e vi Max entrando com uma menina. Ela tinha cabelo castanho escuro e estava vestindo calça jeans e um suéter listrado de cinza com branco. Eu agradeci, em silêncio, o fato de Ryan estar de costas para a porta. Em seguida, Max reparou em mim e eu lhe dei um olhar mortal - um olhar que gritava: *Se você vier aqui e foder com a Ryan, vou te foder de volta, seu merda!*

Max inclinou-se e cochichou algo no ouvido da menina. Ambos olharam para mim e sorriram, e depois foram embora, sem olhar para trás.

Felizmente, eles não estavam de mãos dadas ou eu poderia ter perseguido Max e chutado sua bunda.

— O que há de errado? — Ryan perguntou quando eu soltei a respiração que eu nem percebi que estava prendendo.

— Ah... nada. Eu pensei ter visto Travis — não havia nada nesse mundo que me fizesse dizer a ela quem eu realmente vi.

— É melhor eu não ver esse pedaço de merda ou eu vou acabar com ele por você, Spence! — sim, nós, definitivamente, éramos melhores amigas, duas metades de uma laranja e eu a amava!

Depois do jantar, pegamos um táxi e fomos para o The Mint, que estava lotado. No decorrer da noite, ficamos muito embriagadas e cantamos muito mal. Eu não me importava, porque tudo o que eu queria era que ela se divertisse e nós estávamos tendo uma grande noite.

Na manhã seguinte, acordei com dor de cabeça. Eu nem me lembrava de como voltamos para casa na noite passada, mas eu estava vestida de pijama e sozinha na minha cama. Eu entrei no chuveiro, me vesti para o trabalho e fui até a cozinha tomar o café da manhã.

Olhei para o meu telefone, para ver as horas, e percebi

que tinha uma mensagem de texto perdida de Brandon:

Brandon: **Sim, à noite, amor!**

Puta merda. Amor? Eu perdi alguma coisa? Não me lembrava de ter enviado mensagem de texto para ele ontem à noite! O pânico tomou conta de mim e eu rapidamente rolei a tela pela minha caixa de mensagens...

22:49h

Eu: *Oi, saudades de vc!*

Brandon: **Também estou com saudades, Spence. Você e Ryan estão se divertindo?**

Eu: *Sim, Ryan está cantando agora no karaokê, Party in the USA!*

Brandon: **Eu gostaria de ver isso, lol.**

23:11h

Eu: *Eu queria que vc estivesse aqui! Eu queria taaaaaanto transar com vc no banheiro.*

Brandon: **Apesar disso ser tentador, os caras nunca iriam me deixar viver se eu os abandonasse por uma garota agora.**

Eu: *E se fossem DUAS garotas quentes dando em cima de você?*

Duas garotas quentes? Oh, meu Deus, eu nunca faria isso! Eu não parava de dizer "oh, meu Deus" enquanto continuava a ler...

Brandon: **LOL, quantas bebidas você já tomou?**

23:16h

Eu: *Hum... Eu só tomei 5 vodkas cranberries.*

Brandon: **Bem, então, eu acho que você está bêbada. Cuidado, ok?**

23:20h

Brandon: **Spence, você está bem?**

23:22h

Brandon: **Olá?**

23:29h

Eu: *Desculpe, Ryan e eu cantamos em dupla. Tomaremos cuidado. Venha me ver, AGORA!*

Brandon: **Eu gostaria de ir, mas, como eu disse, os caras me encheriam o saco.**

Eu: *Tudo bem, eu entendo como é isso!* ☺

Brandon: **Não fique assim, amor. Eu iria se eu pudesse!**

23:59h

Eu: *Ryan e eu chegamos em casa. Vou dormir com meu amigo movido a pilha. Agora... boa noite!*

Brandon: **Deus, Spence! Você está me matando. Eu vou ter que confiscar essa coisa de você.**

Eu: *Eu preferiria FAZER a coisa real!*

Brandon: **Amanhã, eu prometo.**

Eu: **De verdade?**

Brandon: **Sim, à noite, amor.**

Oh. Meu. Deus. Eu planejei fazer sexo com Brandon... hoje à noite? Duas garotas? Transar com ele no banheiro? Que merda eu fiz? Como é que eu vou olhar para ele de novo? Ah, e eu nem sequer raspei minhas pernas esta manhã!

Eu não estava me sentindo bem, mas consegui chegar no trabalho a tempo. Eu poderia dizer que este dia seria um inferno, já que eu estava de ressaca. Por volta das dez horas, Brandon mandou uma mensagem perguntando como eu estava me sentindo. Eu olhei para a mensagem de texto por um longo tempo. Eu não tinha ideia do que dizer a ele. Ele estava esperando transar hoje à noite? Eu sei que tivemos alguns momentos mais quentes juntos, mas eu não podia acreditar que eu tinha realmente "programado" isso.

Brandon: **Ei, como você está se sentindo hoje?**

Eu: **Minha cabeça parece que foi atingida por uma marreta.**

Brandon: **Muito álcool faz isso. Eu ainda vou ver você, mais tarde, na academia?**

Oh, Deus, e agora? Ele estava esperando que eu prosseguisse com o que escrevi na minha mensagem de texto.

Eu: **Sim, é claro.**

Brandon: **O que você fará depois da malhação?**

Ele estava esperando que eu dissesse "ficar com você"?

Eu queria dizer "ficar com você"! Ele estava começando a se tornar uma espécie de droga. Eu pensava nele constantemente e só queria ficar perto dele.

Eu: *Sim, sobre isso... Eu não me lembro de mandar mensagens de texto para você ontem à noite...*

Brandon: **Eu imaginei que você não lembraria. Eu sabia que você estava bêbada quando digitou as mensagens. Mas eu tenho que admitir, espero que, no futuro, possamos fazer o que você disse.** ☺

O alívio tomou conta de mim, então, rapidamente, o pânico tomou conta novamente. Ele quis dizer a coisa das duas garotas ou o boquete no banheiro? Oh, Deus!

Eu: *Sim, bem... Eu nunca estive com outra garota.*

Brandon: **Você é tão engraçadinha. Não foi isso que eu quis dizer. Bom, nos vemos, então, depois do trabalho.**

Eu: *Ok* ☺

Comecei a me sentir melhor depois do almoço e, felizmente, a tarde correu mais rápida do que a manhã. Eu cheguei à academia para o que eu esperava que continuasse a ser a minha saudação diária: um beijo de Brandon. — Como você está se sentindo? Você realmente quer malhar hoje?

Ele obviamente estava prestando atenção em mim. Eu não queria malhar, e só tinha vindo porque tinha prometido e eu queria vê-lo.

— Estou me sentindo melhor, mas eu não estou com vontade de me exercitar.

— Bom, eu tenho outros planos.

Ah, merda, nós iríamos fazer agora? Eu sabia que deveria ter raspado as pernas na hora do almoço!

Ele me pegou pela mão e me levou para o spa da academia. Spa? O que...

— Toda semana eu recebo uma massagem. A desta semana é hoje — Brandon disse com seu sorriso que eu tanto adorava.

— O quê? Sério?

— Vantagens de ser o proprietário do lugar.

Eu tinha que falar... eu adoraria receber uma massagem toda semana! Caminhamos até a recepção e fomos atendidos por uma morena atraente, chamada Ari, que corou quando nos aproximamos da mesa.

— Ari, a Srta. Marshall irá se juntar a mim, esta noite.

— Claro, Sr. Montgomery.

Foram-nos entregues roupões e ele me acompanhou até o vestiário feminino. Ele disse que iria me encontrar ali, na porta. Lá dentro, eu notei que tinha todas as comodidades: pentes, xampus, condicionadores, loções, sabonetes líquidos e aparelhos de barbear. *Aparelhos de barbear! Ponto.* Eu corri para depilar as pernas e depois fui ao encontro de Brandon.

Nós fomos levados para a sala de casal, onde Brandon deixou que eu me arrumasse primeiro embaixo do lençol, em cima da mesa, antes de entrar na sala. Por alguma razão, eu ainda estava um pouco tímida e envergonhada. Quando ele entrou, eu peguei um vislumbre de sua bunda dura como uma rocha. Eu queria estender a mão e apertá-la!

Eu não percebi como o meu corpo estava tenso, até Christa, minha massagista, começar a apertar as torções. O cheiro do óleo de eucalipto, que ela usou, era calmante e refrescante e eu estava quase dormindo em cima da mesa quando Christa sussurrou no meu ouvido que a nossa sessão tinha terminado. Eu lentamente abri meus olhos e olhei para Brandon, que estava olhando para mim e me deu aquele sorriso. Eu tinha que admitir que a massagem tinha sido incrível, uma garota pode, realmente, se acostumar com esse tipo de tratamento.

⧬Capítulo Seis⧬

Brandon me pegou às 17:30h, na sexta-feira, para irmos ao jogo dos Giants. O jogo não começaria até 19:15h, mas ele e Jason tinham um ritual de ir mais cedo para beber cerveja e comer antes do jogo. Depois da nossa massagem, na noite anterior, ele me levou para casa e me deu um beijo de boa noite, novamente.

Eu fiquei decepcionada, mas ao mesmo tempo agradecida por ele saber que eu estava bêbada, quando enviei as mensagens de texto, na noite anterior. A bebida sempre me deixava muito corajosa.

Nós fomos do seu apartamento, que não era longe do estádio do Giants, até o AT&T Park. Andamos algumas quadras e nos encontramos com Jason e Becca, que estavam esperando por nós do lado de fora dos portões.

— É tão bom te ver de novo, Spencer — Becca disse, me cumprimentando com um abraço caloroso, que eu achei estranho, mas também agradável. Fazia quase uma semana que eu os tinha conhecido em Vegas.

Caminhamos para pegar cerveja, cachorro-quente, nachos e a famosa *Gilroy Garlic Fries,* que serviam no estádio. Depois de pegarmos a comida, fomos para os nossos lugares que ficavam na terceira linha da base, no enquadramento inferior. Para minha surpresa, Becca caminhou na frente, seguida por mim, Brandon e, então, Jason.

— Podemos conversar, quando o jogo ficar chato — Becca disse quando percebeu a minha cara. — Eu vejo Jason todos os dias!

Nós comemos e bebemos cerveja, enquanto assistíamos ao *San Diego Padres* praticar rebatidas. No decorrer da noite, Becca e eu começamos a nos conhecer melhor e eu senti que ela poderia se tornar uma amiga. Ela me contou que era fotógrafa e que faria uma exposição, numa galeria local, em poucas semanas, e fui convidada, junto com Ryan, a comparecer.

Antes do jogo, foi realizada uma pequena cerimônia, durante a qual o jogador Buster Posey foi presenteado com o prêmio *Willie Mac*[2]. Alguns dos vencedores anteriores compareceram, bem como o próprio Willie Mac.

Durante o jogo, Brandon constantemente descansava a mão no meu joelho. No início, isso me deixou nervosa e arrepiada, mas, depois de um tempo, minha pulsação voltou ao normal.

O jogo foi muito emocionante. A noite estava sendo maravilhosa. O Giants venceu por 7x1 e eu estava começando a ver um outro lado do Brandon, enquanto eu o observava reagir a cada jogada.

Ele e Jason gritaram a plenos pulmões e gesticularam, freneticamente, várias vezes, durante a noite. Quando Panda bateu os dois home run[3] na parte inferior da sexta base, eles se

---

2 Prêmio atribuído ao jogador do Giants que melhor exemplifica o espírito e liderança consistentemente mostrado por Willie Mac McCovey ao longo de sua carreira, votada por jogadores e comissão técnica. McCovey apresenta pessoalmente o vencedor em uma cerimônia pré-jogo, antes do final de cada temporada.

3 É uma rebatida na qual o rebatedor capaz de circular todas as bases, terminando na casa base e anotando uma corrida (junto com uma corrida anotada por cada corredor que já estava em base), sem nenhum erro cometido pelo time defensivo na jogada que resultou no batedor-corredor, avançando bases extras. O feito é geralmente conseguido rebatendo a bola sobre a cerca do campo externo entre os postes de falta (ou fazendo contato com um deles), sem que ela antes toque o chão.

viraram um para o outro e gritaram antes de bater no peito e rugir. Becca e eu trocamos olhares, revirando os nossos olhos e rindo. Homens!

Depois do jogo, Brandon e eu caminhamos de volta para o seu apartamento duplex.

Enquanto ele pegava cerveja na geladeira, eu dei uma olhada no local. O andar de baixo era um plano aberto, com janelas do chão ao teto e pisos de madeira escura. Conforme você seguia da sala de estar para a cozinha, havia armários de madeira de cerejeira, com bancadas em granito preto e utensílios em aço inox.

Ele tinha sofás de couro marrom escuro, próximos a uma mesa de centro de cerejeira, que estava sobre um tapete bege, combinando com a mesa, e uma enorme TV de tela plana embutida em cima da lareira. Isso me fez lembrar um apartamento de solteiro, exceto pela marca luxuosa dos móveis.

Ao lado da pequena mesa de jantar, que ficava entre a cozinha e a sala de estar, estava pendurada uma foto em preto e branco da ponte Golden Gate, num dia nublado.

— Essa é uma das fotos de Becca — Brandon disse, quando me viu olhando para a foto.

— Nossa, é linda!

— Ela te convidou para exposição dela no dia vinte e oito, certo? — eu balancei a cabeça. — Quer ser a minha acompanhante nessa noite?

— Claro, parece divertido. Ah, e Becca disse que Ryan poderia ir também. Importa-se se ela for? — dado o novo

Tudo o que eu preciso   65

status de Ryan, como solteira, eu sabia que outra noite fora seria bom para ela.

— Não, claro que não — em questão de segundos, Brandon estava bem na minha frente. Ele agarrou a minha cerveja e a colocou sobre o balcão, enquanto deslizava os dedos pelo meu cabelo e depois me beijou. Sua língua invadiu ainda mais minha boca, quando ele aprofundou o beijo. Eu passei meus braços em volta do seu pescoço, para me equilibrar, quando meus joelhos começaram a enfraquecer.

— Eu quis fazer isso durante toda a noite! — ele disse, quando conseguiu interromper nosso beijo. Brandon pegou minha mão e me levou para o sofá. — Eu não estou pronto para encerrar nossa noite... Quer assistir um filme?

— Claro — eu concordei, sentando-me no sofá.

Brandon ligou a TV, quando sentou do meu lado. — Você gosta de ação, comédia, terror...?

— Ação ou comédia está bom. — Ele escolheu *Missão Impossível: Protocolo Fantasma*. Eu já tinha visto o filme, mas realmente não me importava. Eu não estava pronta para ir para casa, embora eu não planejasse assistir ao filme. Eu peguei meu celular para mandar uma mensagem de texto para Ryan:

Eu: *Vou assistir a um filme com Brandon, talvez não vá para casa. Não me espere!* ☺

Quando o filme começou, eu me aninhei no lado esquerdo de Brandon. Ele colocou seu braço ao redor dos meus ombros, ficando confortável. Pouco tempo depois do filme começar, ele se inclinou e levantou meu queixo, para me dar outro beijo. Sentei-me reta e de frente para ele, permitindo-o me beijar melhor. Ele lentamente me inclinou para trás, no sofá, depositando beijos por todo o meu pescoço. Seu joelho esquerdo estava preso entre as minhas pernas e a outra perna estava equilibrando-o no chão.

Acariciando minhas costas com uma mão, ele levantou a barra da minha camisa o suficiente para alcançar e acariciar meu seio esquerdo. Um gemido escapou da minha boca, quando ele voltou a beijar meus lábios e, em seguida, se afastou para me acariciar e deixar um rastro de beijos pelo meu pescoço e na parte de trás do meu ouvido. Meus dedos dos pés enrolaram em delírio, com o prazer que senti com seus dentes e língua fazendo coisas perigosas no lóbulo da minha orelha. Eu deslizei minhas mãos por suas costas sentindo sua musculatura dura.

Com a visão periférica, eu vi a luz de chamada perdida no celular de Brandon, que estava na mesinha de centro. Eu não queria parar e ele pareceu não notar. Comecei a puxar sua camisa, para tirá-la sobre sua cabeça. A eletricidade correu pelo meu corpo quando ele levantou minha blusa, tirando meu seio esquerdo do bojo do sutiã e começou a chupar o mamilo, já duro.

Ele puxou a blusa sobre a minha cabeça e, em seguida, retirou a sua também, lançando uma após a outra no chão. Meus seios ficaram pesados, meu clitóris pulsava, querendo atenção enquanto minhas pernas abriam mais, permitindo-lhe unir mais seu quadril ao meu. Ele voltou sua atenção para o meu seio direito, provocando o meu mamilo com a língua. — Coloque suas pernas em volta da minha cintura — Brandon disse quando chupou, mais uma vez, o meu mamilo.

Confusa, eu fiz como ele disse e, então, ele me pegou com uma das mãos nas minhas costas e começou a ficar de pé. Passei os braços em volta do seu pescoço e continuei a beijá-lo. Ele começou a subir as escadas, comigo enrolada ao seu redor.

Tudo o que eu preciso   67

Quando chegamos ao topo da escada, ele continuou a andar para o quarto que eu imaginei ser o dele. Ele me deitou aos pés da cama, correndo os dedos pela minha barriga e começou a desabotoar meu jeans.

Com urgência, levantei meu quadril para fora da cama, permitindo que meu jeans fosse puxado pelas minhas pernas. Ele enfiou os dedos dentro de minha calcinha, tirando-a também. Fiquei só de sutiã. Enquanto olhava para minha abertura, Brandon lambeu os lábios, provocando uma profunda tensão crescendo em meu estômago.

Ajoelhado, ele abriu ainda mais minhas pernas e começou a beijar, devagar, a parte interna da minha coxa direita, deixando seus lábios deslizarem sobre a pele sensível de uma perna, em seguida, passando para a outra. Finalmente, ele subiu e pairou sobre o ápice das minhas coxas e apenas respirava em cima de mim. Eu estava morrendo de tesão e gemi quando arqueei meu quadril para cima, desesperada para sentir sua boca em mim. Eu senti arrepios subirem pela minha pele e então ofeguei alto, o que rapidamente se transformou em um gemido profundo e satisfeito quando sua língua atingiu minha fenda molhada. Isso é o que eu estava esperando por toda a minha vida - essa era a maneira que eu sempre sonhei me sentir.

Eu abri as minhas pernas, ainda mais, e meu quadril arqueou, instigando-o a lamber mais profundamente. Usando dois dedos, ele delicadamente separou meus lábios e lambeu os lados da minha vagina e a saliência do meu clitóris. O prazer pulsava em mim, aumentando meu calor corporal. Ele deslizou um dedo lentamente em mim, enquanto continuava chupando e lambendo como se não pudesse ter o suficiente. Ofegante, eu soltei outro gemido quando ele deslizou outro dedo em mim. Minha boceta apertou firmemente em torno de seus dedos, enquanto eu fechava os olhos, apreciando seus dedos habilidosos e sua língua.

Minhas mãos correram por seu cabelo enquanto ele continuava lambendo e deslizando seus dedos dentro e fora do meu corpo. Eu podia sentir a tensão, eu estava à beira do clímax e sentia como se eu fosse explodir a qualquer segundo. Brandon começou a esfregar meu clitóris com o polegar, enquanto continuava usando os outros dedos. Eu atingi o clímax e deixei escapar um grito, meu corpo enviando vibrações enquanto eu gozava em seus dedos.

Afastando-se, Brandon tirou sua calça e a boxer, ao mesmo tempo. Tirei o sutiã e o joguei no chão. Deus, ele era lindo em toda a sua glória: ombros largos, tórax esculpido, abdômen tanquinho ligado a um sexy V, que fazia o caminho até seu impressionante pênis.

Ele engatinhou por cima de mim, para me puxar mais para dentro da cama. Inclinando-se, ele beijou meus lábios e, lentamente, deslizou sua língua em minha boca. Eu podia sentir meu gosto nele e o calor correu pelo meu corpo, direto para o meu ponto central.

Seu braço direito envolveu minhas costas, conforme eu arqueava em seu peito, carne com carne. Ele lentamente acariciava as minhas costas, apertando a minha bunda com sua mão. Eu podia sentir sua ereção latejante contra a minha coxa nua.

Coloquei minhas mãos em concha no seu rosto e levemente mordi seu lábio inferior. — Me mordendo de novo, Spence? — Brandon perguntou, enquanto se inclinava, estendendo a mão em direção à gaveta da mesinha de cabeceira, para pegar um preservativo. Rasgando o pacote com os dentes, ele retirou o preservativo e rolou habilmente sobre seu eixo.

Ele segurou minhas pernas para afastá-las. Eu podia sentir o cheiro da minha excitação quando sua ereção tocou a minha entrada, que vibrava com a necessidade dele empurrar dentro de mim. Ele começou movendo-se lentamente, quase tirando de mim completamente, mas, em seguida, empurrou profundamente de volta. Por fim, ele começou a empurrar mais rápido, o pau crescendo ainda mais duro enquanto ele bombeava mais e mais, mais e mais. Correndo meus dedos por seu cabelo macio, colei meus lábios nos dele. Minha língua explorou sua boca novamente, saboreando o resto dos meus sucos.

Seus impulsos aumentaram de velocidade novamente e outro gemido escapou da minha boca. Ele me beijou com força e seus dentes puxaram meu lábio inferior. Eu podia sentir meu orgasmo se formando quando ele empurrou seu quadril profundamente em mim. Meu corpo começou a tremer e sua respiração aumentou. Continuando a empurrar mais e mais pesado, ele gozou logo após o meu corpo encontrar o seu prazer pela segunda vez.

— Toma banho comigo? — Brandon perguntou, me beijando mais uma vez.

Capítulo Sete

Se alguém tivesse me dito, há uma semana, que eu estaria acordando com Brandon beijando meu pescoço, eu teria pensado que esse alguém era louco. Depois do nosso hum... "banho", na noite passada, ele me deu uma de suas camisetas e perguntou se eu queria passar a noite com ele. Eu estava vivendo um sonho e acordar com ele era uma das melhores sensações do mundo.

— Bom dia, linda — Brandon disse quando viu que eu estava acordando.

— Bom dia — eu respondi e me virei para beijar sua boca e me aconchegar mais perto dele.

— O que você gostaria de fazer hoje?

— Ficar com você — eu queria dizer, mas me acovardei. — Eu não quero nada em especial, eu estou pronta para qualquer coisa, contanto que eu possa passar em casa e colocar roupas limpas— eu tinha medo que, a qualquer momento, eu fosse acordar deste sonho e me ver sentada no sofá, de pijama, com um pote de sorvete de chocolate com menta derretido na mesa de centro.

— Ok, vista-se enquanto eu desço e faço o café da manhã para nós dois. Depois, vamos passar na sua casa — ele me beijou mais uma vez, antes de descer. Eu fiquei na cama um pouco mais, relembrando a noite passada, e me belisquei para ter certeza de que isto estava realmente acontecendo.

Tudo o que eu preciso   71

O piso escuro de madeira do primeiro andar continuava no segundo. Sua cama ficava no meio do quarto, com uma parede baixa atrás da cabeceira da cama. Atrás da parede estavam as janelas que iam do chão ao teto, no quarto inteiro, e portas de vidro que levavam a uma varanda com vista para a baía.

A cama ficava sobre uma plataforma de madeira tabaco, que era baixa, perto do chão. O colchão não cobria toda a plataforma, o que dava espaço para você dar um passo de cada lado do colchão e nos pés da cama. Os lençóis eram brancos com listras marrons, combinando com os travesseiros e com o espesso edredom na cor chocolate, que possuía grandes quadrados marrons bordados nele. Ele tinha uma escrivaninha e uma cômoda, que combinavam com a decoração do quarto.

Um tapete creme estava sob a cama, separando um marrom do outro. A decoração do quarto masculino era complementada com uma TV de tela plana que pairava sobre uma lareira, na parede distante. Claramente, nenhuma mulher jamais viveu aqui.

Depois de relembrar nossa noite, levantei e me vesti para descer. O cheiro de bacon encheu minhas narinas e ouvi Brandon falando, quando cheguei ao topo da escada. Eu parei de andar, não querendo interromper sua conversa.

— Eu te disse para parar de me ligar, este não é um bom momento... Não, não me interessa. Eu não posso falar com você agora. Eu não vou mais fazer isso com você... Eu disse que acabou... Não, apenas pare de me ligar, por favor... Acabou e não tenho mais nada a lhe dizer — então, ouvi o telefone sendo colocado na base.

Esperei mais alguns segundos, antes de terminar de descer as escadas. Quando cheguei na parte de baixo, fui para a cozinha, onde encontrei Brandon fazendo ovos mexidos e assando bacon no forno.

— Hum, o cheiro está tão bom — eu disse, enquanto caminhava até onde a minha camisa estava jogada no chão. Depois de vesti-la, fui até onde Brandon estava cozinhando e passei meus braços em volta da sua cintura, por trás, coloquei minha cabeça em suas costas e o abracei. Ele não sabia que eu ouvi sua conversa ao telefone, então, ele não mencionou nada sobre o telefonema para mim. Imaginei que fosse Christy, sua ex, ligando e eu sabia como rompimentos eram difíceis, então, eu não mencionei nada também.

Após o café da manhã, fomos até a minha casa, para que eu pudesse mudar de roupa. Ryan estava deitada no sofá, ainda de pijama, quando entramos.

— Ei, Ry, o que você está fazendo? — eu perguntei.

— Você sabe, apenas pensando na vida — meu coração se partiu por ela. Eu estava da mesma forma, há apenas algumas semanas atrás.

— Vamos lá, por que você não vem ao zoológico com a gente? — olhei para Brandon e lhe dei um olhar interrogativo e um sorriso. Ele acenou com a cabeça em confirmação.

— Eu não quero segurar vela.

— Você não vai. Por favor, venha, vai ser divertido.

Ryan ainda parecia relutante, mas ela finalmente cedeu e concordou em vir.

— Bom, agora eu vou tomar um banho rápido e quando

Tudo o que eu preciso   73

eu terminar, você pode tomar seu banho e se arrumar. Vamos esperar por você — eu disse, e comecei a andar para o meu quarto.

Brandon se sentou no sofá que nós tínhamos na sala e começou a assistir o canal americano *HGTV*, com Ryan. Eu rapidamente corri e tomei meu banho.

Vesti o roupão, fui para o quarto e gritei para Ryan que o chuveiro estava livre.

Quando entrei no quarto, Brandon estava esperando por mim. Ele não disse uma palavra, enquanto se aproximava e fechava a porta atrás de mim.

— O que há de errado? — eu perguntei, mas ele ainda não disse uma palavra.

Ele empurrou minhas costas contra a porta. Suas mãos estavam em ambos os lados da minha cabeça, prendendo-me onde eu estava. — O que... — antes que eu pudesse perguntar o que estava errado, seus lábios estavam nos meus, separando-os e explorando minha boca com sua língua. Ele começou a desamarrar meu roupão. — Espere, Ryan está aqui e ela pode nos ouvir— eu disse, quebrando o nosso beijo.

— Ela vai estar no banho — Brandon respondeu, voltando a me beijar e terminando de desamarrar meu roupão.

Ele deslizou o roupão sobre meus ombros, deixando-o cair no chão, em volta dos meus pés. Eu fiquei completamente nua e à sua mercê. Suas mãos espalmaram minha bunda me puxando com força contra seu jeans, deixando-me sentir sua ereção. Eu levantei sua camisa, puxando-a sobre sua cabeça, jogando-a no chão com o meu roupão.

Meus olhos pararam em seu peito. — Você tem uma tatuagem... eu não vi isso na noite passada.

Estava escuro na noite passada e os meus olhos ficaram fechados a maior parte do tempo, enquanto eu sentia seu toque e, depois, durante o nosso banho... ele ficou atrás de mim.

Sua tatuagem ficava no lado superior direito do seu abdômen. Enquanto traçava meus dedos sobre a frase, eu lia para mim mesma: *A dor é inevitável. O sofrimento é opcional.*

— Eu vou falar sobre isso quando tiver mais tempo — ele disse, enquanto apertava meu seio direito com a mão, levantando-o o suficiente para que sua língua pudesse girar em torno do mamilo. Meu clitóris começou a pulsar, quando senti a umidade se formando entre as minhas pernas.

Liberando o seio, ele colocou a mão entre minhas pernas e enfiou dois dedos, profundamente, dentro de mim, enquanto seu polegar circulava meu clitóris. Parei o nosso beijo para gritar de êxtase, mas Brandon colocou sua mão sobre a minha boca antes que eu pudesse deixar escapar um pio.

— Shhhh, Ryan pode ouvir — ele disse.

Eu desabotoei sua calça e a empurrei para baixo junto com a boxer, o suficiente para libertá-lo. Envolvendo minha mão em torno de seu comprimento, comecei a acariciar sua ereção. Senti uma gota de pré-sêmen na ponta do seu pênis, enquanto acariciava continuamente seu eixo duro e liso, ao mesmo tempo em que seus dedos mergulhavam mais fundo dentro de mim.

Brandon removeu os dedos, enfiou a mão no bolso da calça jeans e tirou um preservativo. Rasgando com os dentes, ele rolou o preservativo em seu pênis. Então, ele me levantou de modo que eu enrolasse minhas pernas em volta de seu corpo e entrou lentamente, centímetro por centímetro. Eu enterrei meu rosto em seu pescoço e mordi meu lábio inferior, quando o prazer disparou por todo o meu corpo.

Minhas costas deslizavam para cima e para baixo, contra a porta, conforme ele empurrava dentro de mim. Ele segurou a minha bunda com as mãos, para me espalhar um pouco mais, para que pudesse ir mais fundo. Em pouco tempo, senti meu corpo começar a tremer.

Com mais algumas estocadas, meu corpo começou a quebrar em um milhão de pedaços. Enterrei meu rosto profundamente em seu pescoço, tentando me impedir de gritar.

Ele acalmou quando encontrou sua própria libertação, enquanto se apoiava na porta com a mão esquerda.

Com nossos corpos ainda unidos, ele segurou meu rosto e colocou seus lábios nos meus, mais uma vez. Ele, gentilmente, me abaixou no chão e beijou o topo da minha cabeça. Retirou o preservativo, amarrou a ponta e o colocou em um lenço de papel antes de jogá-lo na pequena lata de lixo que eu tinha perto da minha escrivaninha e começou a puxar sua calça, enquanto eu pegava uma calcinha da cômoda.

— Então, o canal *HGTV* excita você? — eu perguntei, sorrindo para ele.

— Não, você nua, no quarto ao lado me excita! — ele respondeu me dando um tapa na bunda, brincando.

Nós nos vestimos e Brandon sentou na cama queen size, olhando ao redor. — Eu gosto de seu quarto e, especialmente, da sua cama — ele disse, esticando-se no jogo de cama, com lençol colorido e edredom bege com grandes crisântemos verdes e marrons.

— Obrigada — eu sorri. Enquanto eu fazia a maquiagem e terminava de me aprontar, ele verificou os e-mails em seu telefone e deu um rápido telefonema para Jason. Saímos do quarto, e Ryan ainda estava no dela, se arrumando. Quando ela finalmente ficou pronta, fomos todos para o zoológico. Estava um dia lindo e perfeito para passear ao ar livre.

Após o dia no zoológico, voltamos para casa, para que Ryan e eu pudéssemos nos trocar para o jantar. Brandon disse que gostava da companhia de Ryan e nós decidimos sair para jantarmos juntos. Fiquei feliz que nós estávamos nos dando bem e Ryan não teria que ficar sozinha, numa noite de sábado. Acho que Brandon teve a mesma ideia.

Depois que Ryan e eu nos trocamos, fomos para casa de Brandon para que ele pudesse se trocar. Com a voz baixa, Ryan sussurrou: — Droga, Spence, a casa dele é linda!

Eu concordei com ela. Eu estava me sentindo sortuda, eu nem podia acreditar no que tinha acontecido em apenas algumas semanas.

— Meninas, estão prontas? — Brandon perguntou descendo as escadas.

Caminhamos algumas quadras até o MoMo, que ficava em frente ao estádio AT&T Park. O jogo do Giants estava em andamento na rua e nas TVs do MoMo. Encontramos uma mesa para três, localizada perto do bar, para que pudéssemos assistir ao jogo.

Perto do final do jantar, o bar começou a encher, quando o jogo dos Giants terminou. Eles tinham conquistado a Western Division Conference e todo mundo estava enlouquecido com a agitação.

Quando o bar começou a lotar, vi Travis entrando com

Misty. Ótimo! Sob a mesa, eu apertei a perna de Ryan para chamar sua atenção.

— O quê? — ela perguntou, inclinando-se mais perto para que só eu pudesse ouvi-la.

Eu sussurrei em seu ouvido. — Travis acabou de entrar.

— O quê? Onde? Ah, ótimo. Fique tranquila sobre isso!

— Onde está o quê? — Brandon perguntou, juntando-se à conversa.

— O ex da Spencer acabou de entrar — Ryan disse, informando a Brandon da nossa conversa particular.

Nós três estávamos olhando para a porta onde Travis e Misty entravam. Eles caminharam até o bar e começaram a falar com pessoas que eu não conhecia.

— Eu vou até lá falar com ele um pouco do que eu penso!— Ryan disse começando a se levantar.

Puxando seu braço para que ela não pudesse ir, eu disse: — Oh, não, você não vai, eu não quero nada com ele.

Antes que eu me desse conta, Brandon já estava caminhando até Travis. — Puta merda, o que ele está fazendo? — eu perguntei a Ryan, em pânico.

— Parece que ele está indo lá, falar com Travis.

— Ele não pode falar com Travis! Por que ele quer falar com Travis? — eu me senti totalmente em pânico e não conseguia me mexer um centímetro, nem se a minha vida dependesse disso. Eu estava congelada no meu lugar, enquanto observava Brandon abordar Travis.

Ficamos ali, atordoadas, como se estivéssemos vendo um filme de cinema mudo na nossa frente. Meu coração estava acelerado no peito e minhas palmas ficaram suando. Nos poucos segundos que levou para Brandon chegar a Travis, um milhão de cenários passou pela minha cabeça. Em seguida, Brandon disse algo para Travis, fazendo com que ele e Misty olhassem para nós. Misty revirou os olhos para mim e Brandon estendeu o braço e apertou a mão de Travis. Travis parecia irritado quando olhou primeiro para mim, depois para Brandon e depois de volta para mim.

Brandon começou a caminhar de volta para nossa mesa, sorrindo e Travis voltou a olhar para mim. Se um olhar matasse, eu estaria morta pelo olhar mortal penetrante de Misty.

Quando Brandon chegou a nossa mesa, ele deu um beijo nos lábios. — O que você disse a ele? — eu perguntei, enquanto olhava para Travis e Misty, que ainda estavam me encarando.

— Eu apenas agradeci a ele por ser um babaca e me dar a oportunidade de te tratar do jeito que você merece.

Meu coração derreteu. Inclinei-me e beijei Brandon novamente. Inclinando meu rosto mais um pouco para trás, sussurrei: — Obrigada — e beijei seus lábios novamente.

— Ah, vocês são tão fofos, mas estão me deixando com inveja! — Ryan disse com um bufo.

☙Capítulo Oito☙

Depois do jantar, voltamos para casa de Brandon, para que ele pudesse pegar o carro e nos levar para casa. Quando chegamos, Brandon nos acompanhou até a porta.

— Fica comigo esta noite? — eu pedi. Ele assentiu e eu agarrei a sua mão, levando-o para o meu quarto.

— Boa noite, pessoal — Ryan disse, indo para o quarto dela.

Silenciosamente, eu fechei a porta atrás de nós. Sem dizer uma palavra, eu empurrei Brandon sobre a cama, para que ele caísse de costas.

— O que você está fazendo? — ele perguntou, enquanto me lançava um olhar safado.

— Shh, me deixe te mostrar como eu estou grata pelo que você fez esta noite.

Desabotoei sua calça, puxei para baixo, junto com sua boxer, e as joguei no chão. Suas pernas ficaram penduradas sobre a beira da minha cama, enquanto eu me ajoelhava na frente dele. Segurei seu comprimento com a palma da minha mão direita e girei minha língua úmida ao redor da cabeça de seu pênis.

Enquanto corria minha língua pela extensão do seu pênis, ele deixou escapar um gemido. Suas mãos agarraram meu cabelo, pedindo por mais. Tomei seu pau na boca, sugando-o

Tudo o que eu preciso   81

profundamente. Chupei mais forte, enquanto puxava para trás e corria minha língua na ponta novamente, provando seu salgado líquido pré-ejaculatório.

Com a boca ainda em seu membro, passei a mão esquerda sob a camisa, por sua pele suave e abdome perfeito, enquanto minha mão direita segurava suas bolas.

— Porra, linda — ele sussurrou.

Massageando suas bolas com a mão, eu gentilmente tirei seu pênis dentro e fora da minha boca várias vezes. Rodava minha língua ao redor de sua ponta, começando a lamber seu pré-esperma salgado. Eu o empurrei mais profundo, na parte de trás da minha garganta, enquanto eu lentamente o fodia com a boca.

Soltei suas bolas, e segurei a base do pênis com firmeza e continuei a chupá-lo profundamente. Ele gemeu de novo, com o prazer. Enquanto eu balançava a cabeça para cima e para baixo, mais e mais rápido, suas mãos apertavam o meu cabelo.

— Querida, eu vou gozar — ele disse em advertência.

Eu continuei chupando seu pau quando dele ficou tenso e, em seguida, gemeu alto jorrando seu esperma quente no fundo da minha garganta. Após a última gota, eu liberei seu pau da minha boca e o lambi mais uma vez.

Nós levantamos quando Brandon estendeu a mão para pegar minha camisa e puxá-la sobre a minha cabeça. Enquanto ele estava desabotoando minha calça, eu tirei meu sutiã e o joguei no chão. Comecei a sair do meu jeans, enquanto ele tirava a camisa. Ele entrelaçou os dedos no interior da minha calcinha e a puxou, jogando-a na pilha de roupas no chão.

Sentando na beira da cama, Brandon estendeu a mão, puxando-me contra o corpo dele, enquanto dava beijos na minha barriga. Massageando meu seio direito, ele o chupou duramente, deixando meu mamilo duro, depois mudando seu foco para o meu seio esquerdo, que ansiava por atenção, esperando-o repetir o que ele fez ao meu direito.

Corri minhas mãos por seu cabelo e fechei os olhos. Ele deitou de volta na cama enquanto eu segui rastejando em cima dele. Para minha surpresa, Brandon me beijou e sua língua girava em minha boca. O Trav*idiota* nunca iria me beijar depois que eu tivesse feito um boquete nele - não até que eu escovasse os dentes.

Brandon continuou a me beijar, profunda e apaixonadamente. Senti sua mão chegar entre as minhas pernas e ele começou a circundar minha protuberância. Ele me rolou na cama, de costas contra o colchão, e continuou me provocando com seu polegar.

Ele enrolou suas mãos por trás das minhas pernas e deslizou para baixo, colocando seu rosto entre elas, depositando beijos leves no interior das minhas coxas até sua boca encontrar a minha boceta. Sua língua acariciou meu clitóris e depois, ele o sugou.

Minhas pernas começaram a tremer e eu gemi. Brandon continuou chupando e lambendo meu clitóris até que cheguei ao clímax. Minhas coxas tremeram com as deliciosas sensações que percorreram meu corpo.

Brandon levantou-se sobre os joelhos. — Há um preservativo na gaveta da minha mesa de cabeceira — eu disse, quando voltei do meu êxtase.

Depois que ele colocou a camisinha, traçou a minha

entrada com a ponta de sua ereção. Desloquei meu quadril, para lhe permitir entrar, e ele se posicionou entre as minhas coxas e deslizou em mim, com um movimento suave. Seus impulsos eram lentos e profundos, enquanto ele me enchia. Ele colocou suas mãos sobre minha cabeça e começou a deslizar sua língua para baixo, sobre cada seio. Arqueando as costas, em resposta, eu gemi novamente.

Sua língua correu meu corpo procurando meus lábios. Seus lábios tinham meu cheiro e meu gosto. Ele soltou minhas mãos e eu as levei para sua bunda, puxando-o mais forte e mais profundo em mim, e enrolei minhas pernas em volta da sua cintura, levando-o totalmente para dentro. Eu podia sentir a leve umidade do suor em seu corpo.

— Inverte — sussurrei para ele saber que eu queria estar por cima.

Ele deslizou para fora de mim e virou de costas. Eu montei em seu quadril e afundei em seu pênis, levando-o para dentro de mim novamente. Minha cabeça inclinou para trás, enquanto suas mãos roçavam meus seios.

Inclinei e beijei a tatuagem que eu tinha descoberto mais cedo. Deslizei meu quadril para trás e para frente contra seu pênis. Sua mão encontrou meu clitóris e ele o acariciou enquanto meu quadril continuava balançar.

Brandon moveu seu quadril para encontrar o meu, golpe após golpe. Meus olhos fecharam enquanto ele bombeava em mim. Nós balançávamos para frente e para trás, enquanto seu polegar continuava a circular meu clitóris. Meu corpo atingiu o clímax, quando a sensação ondulou através dele. Brandon estremeceu quando empurrou uma última vez em mim.

෨෨♡෨෨

Na manhã seguinte, acordei com o corpo de Brandon pressionado por trás e seus braços firmemente em volta do meu corpo. Tentando não acordá-lo, eu levantei da cama e fui para a cozinha, preparar o café da manhã.

Ryan se juntou a mim quando eu coloquei o bacon no forno. — O que você está fazendo?

— Bacon, ovos, torradas... você sabe, café da manhã.

— Brandon ainda está aqui?

— Sim, ele ainda está dormindo.

Sussurrando, ela disse: — O que você achou dele se aproximar do Trav*idiota* na noite passada?

— Cara, eu pensei que fosse desmaiar ou morrer de vergonha. Mas quando ele voltou e me contou o que ele disse, eu queria pular e o sufocar com beijos — eu disse, também sussurrando.

— Eu queria fazer a mesma coisa!

— Ha... bem, ele é meu!

— Estou tão feliz por você, Spence... e, realmente, com inveja.

— Você vai encontrar alguém, Ry. Eu prometo.

Eu continuei a preparar o café da manhã, esperando que Brandon não acordasse antes que eu pudesse surpreendê-lo na cama. Pouco antes de tudo estar pronto, Brandon entrou na cozinha.

— Bom dia, garotas — ele disse, aproximando-se, beijou

meu rosto e me abraçou por trás. — Isso tem um cheiro muito bom!

— É bacon, nada cheira tão bem como bacon! — eu disse sorrindo, enquanto continuava a preparar os ovos mexidos.

— Ei, Spence, o que vamos fazer no seu aniversário? — Ryan perguntou.

— O quê? Quando é o seu aniversário? — Brandon perguntou surpreso.

Eu não tinha conseguido falar com Brandon que meu aniversário era em menos de uma semana.

— Hum, no próximo sábado.

— Você não ia me contar? — Brandon perguntou parecendo magoado.

— Não, não é isso. Eu só esqueci completamente! — Realmente tinha esquecido. Eu tive minha cabeça muito ocupada nas últimas semanas.

Normalmente, eu ficava animada com o meu aniversário, mas depois desta última semana com Brandon, eu fiquei surpresa que eu nem lembrava que dia era.

— Então, o que iremos fazer? — Ryan perguntou novamente.

— Eu não sei, mas estou aberta a sugestões. Vamos discutir isso enquanto comemos, para o café não esfriar.

෧〰♡〰෧

Durante o café da manhã, nós decidimos que passaríamos o meu aniversário no parque de diversões *Santa Cruz Beach*

Boardwalk. Parece que, quanto mais velho você fica, mais coisas de criança você quer fazer no seu aniversário. Um dia repleto de montanha russa, frituras e algodões doces, parecia perfeito para mim.

Brandon passou o dia na minha casa e nós passamos a maior parte do tempo deitados na cama enquanto assistíamos TV. Ok, com toda a honestidade, a TV realmente nem foi vista. E eu nem sequer me vesti durante o dia. Eu não conseguia lembrar da última vez que eu tinha me sentido tão feliz.

— Você vai me contar sobre a sua tatuagem? — eu perguntei a Brandon durante um comercial enquanto descansávamos nus, na minha cama.

— Ah, sim... com certeza. — Brandon soltou um longo suspiro, então, respirou fundo. Eu imediatamente me arrependi de ter perguntado, quando vi como ele ficou tão sério e triste.

— Lembra que eu te disse na outra noite, no jantar, que durante meu segundo ano na faculdade eu me machuquei e nunca mais joguei de novo?

— Sim...?

— O cara que estava disputando uma vaga de quarterback[4] comigo foi quem me machucou. Ele era sênior e assumiu que seria o jogador que estaria na partida, mas o nosso treinador disse à equipe que eu jogaria no lugar dele. Naquela noite, Jason e eu fomos a uma festa no campus e fomos atacados por seis caras... Na verdade, deveria dizer que eu fui atacado por seis caras. Eles todos me atacaram enquanto Jason tentava retirá-los de cima de mim. No final de tudo, eles conseguiram quebrar minha coluna.

---

4 Posição do futebol americano, em que o jogador é membro da equipe ofensiva do time e sua função é dar o início às jogadas e fazer passes.

— Oh, meu Deus! — Engoli em seco, meu coração partido por ele. Eu não podia imaginar passar por isso... não podia imaginar a dor que ele deve ter sentido.

— Felizmente, não houve danos à minha medula espinhal e, para transformar uma longa história em curta, eu tive que fazer fisioterapia por muito tempo, até que eu fosse capaz de andar novamente. Mais tarde, descobriram que os caras que me atacaram eram todos irmãos de fraternidade do meu companheiro de equipe. Ele foi expulso, mas já que eu estava fora do time, eles tiveram que encontrar um substituto. Então, no primeiro ano, eu ainda não podia jogar, e aí acabei não jogando mais... A tatuagem me lembra de que não importam os desafios que posso enfrentar, eu vou passar por qualquer coisa que for jogada no meu caminho. *A dor é inevitável. O sofrimento é opcional* se tornou meu lema, e agora, Jason e eu somos muito bem sucedidos e já estamos pensando em expandir novamente.

— Você sabe o que aconteceu com o cara?

— Não, eu não o vejo desde o dia em que sua mamãe e seu papai foram buscá-lo na faculdade. — Brandon riu quando disse "mamãe e papai", e fez eu me sentir um pouco melhor sobre a sua história.

— Isso é realmente triste. Lamento que você teve que passar por isso!

— Está tudo bem. Isso me fez mais forte e, se nada disso tivesse acontecido, eu poderia nunca ter te conhecido. — Brandon se inclinou e me beijou.

☙♡❧

Estava ficando tarde da noite, mas tudo o que eu queria era ficar nos braços de Brandon até a manhã de segunda-feira.

Eu não me importava que tivesse uma tonelada de roupa para lavar. Eu poderia deixar tudo esperando, só para ficar onde eu estava.

— Amor? — *Brandon, realmente, acabou de me chamar de "amor"?* Esta foi a primeira vez que ele disse isso. A outra única vez foi quando eu estava enviando mensagens de texto bêbada. Eu senti borboletas no estômago só por ouvir essa simples palavra.

— Sim? — eu respondi, minha cabeça apoiada em seu peito.

— Você quer ficar na minha casa, hoje à noite, ou aqui? Se você quiser ficar aqui, então, eu preciso correr em casa e arrumar uma bolsa para passar a noite — ele queria passar a noite comigo, de novo? É claro que eu queria ficar com ele, mas eu não queria parecer excessivamente ansiosa ou pegajosa. Afinal, ainda não tinha passado sequer uma semana que estávamos juntos.

— Eu não me importo. O que você quiser está bom para mim.

— Bem, já que eu teria que ir para casa, de qualquer maneira, por que não vamos e ficamos lá?

— Ok, isso parece bom.

— Eu até posso te levar para o trabalho de manhã — ele ofereceu. Como se eu realmente precisasse de um incentivo.

— Bem, me persuadindo desse jeito, por que não?

E foi assim que Brandon me convenceu.

ꙮCapítulo Noveꙮ

Pela terceira manhã seguida, eu acordei nos braços de Brandon. Toda vez que eu rezava, eu pedia que isso fosse de verdade, pois eu estava começando a me apaixonar por ele. Em apenas uma semana, ele fez com que eu me sentisse como se eu fosse a única pessoa no mundo que importava. Eu tinha certeza que eu estava realmente me apaixonando.

Brandon me levou para o trabalho, como prometeu, e me beijou exaustivamente antes que eu saísse do carro. Enquanto caminhava para o escritório, eu cantarolava sozinha, com um sorriso bobo estampado no rosto, pensando que eu poderia, definitivamente, me acostumar com isso. Depois do trabalho, eu o encontrei na academia e malhamos juntos, como tínhamos feito na semana anterior. Em seguida, voltamos para a minha casa e eu cozinhei macarrão com almôndegas para nós e Ryan. Brandon surpreendeu-me ao ajudar na cozinha, fazendo o melhor pão de alho que eu já tinha experimentado e Ryan contribuiu com um tiramisù que ela comprou na volta do trabalho.

Depois do jantar, descansamos na sala de estar, assistindo *The Voice*. Ryan parecia estar deprimida por causa de Max. Ela ficava muito em casa, quando não estava trabalhando. Eu me senti mal por ostentar meu relacionamento na frente dela, mas ao mesmo tempo, me sentia feliz por nós três estarmos nos dando bem.

Para minha alegria, Brandon passou a noite de novo,

Tudo o que eu preciso   91

mas, na manhã seguinte, acordei com a cama vazia. Uma sensação de decepção bateu em mim, até que vi sua camisa pendurada na cadeira. Saí do quarto e encontrei Ryan na cozinha, tomando café.

— Bom dia! — ela disse alegremente, quando bocejei sonolenta, esfregando os olhos cansados. Ela sempre foi uma pessoa da manhã, mas eu geralmente precisava de cafeína antes de começar a me sentir humana novamente. Virando para o gabinete, ela procurou por outra caneca e depois colocou um pouco de café. — Aqui, parece que você precisa disso.

— Puxa, obrigada! — fiz uma careta para ela, mas aceitei, muito agradecida, a caneca fumegante. — Você viu Brandon?

— Oh, sim, acho que ele está no banho.

Humm... Isto poderia ser interessante.

Corri para o quarto, tentando não derramar o café quente pelo caminho. Coloquei-o na cômoda, peguei um clipe de papel para inserir na fechadura da maçaneta do banheiro. A casa era velha e nunca havíamos substituído as maçanetas antigas, o que era extremamente conveniente para mim no momento.

Eu, calmamente, destranquei a fechadura e abri a porta. Tirei o pijama, deixando-o em uma pilha no chão e abri a porta de vidro embaçada do box, lentamente, tentando não fazer barulho. Segurando o riso, me acomodei atrás dele no chuveiro. Naquele momento, Brandon estava de frente para mim, com os olhos fechados e a cabeça inclinada para trás enquanto lavava o xampu do cabelo.

Quando terminou, endireitou a cabeça e sorriu, ao notar que eu estava ali.

— Oi, amor — ele falou, quando nossos olhos se encontraram.— Que surpresa boa.

— Oi — eu disse passando os braços ao redor do seu pescoço, beijando-o. — Pena que não temos tempo suficiente para tirar vantagem do nosso banho em conjunto.

Brandon me puxou contra seu corpo nu, todo molhado, e o senti começar a endurecer contra meu ventre. — Sim, é uma pena. Quem sabe deveríamos colocar o alarme para despertar 30 minutos mais cedo?

— Talvez... — sim, eu não era uma pessoa matinal, mas para aproveitar o banho com Brandon, todas as manhãs, eu poderia fazer uma exceção.

❧♡❧

Fomos para a aula de kickboxing, após o trabalho. Como chegamos à aula mais cedo, comecei a me alongar um pouco, enquanto esperávamos o instrutor chegar para começar a aula.

— Oh, Brandon, aí está você.

Nós viramos ao ouvirmos uma senhora se dirigir a ele. Quando virei completamente, notei que ela era uma senhora idosa, que parecia estar no final dos seus cinquentas anos, com longos cabelos loiros, olhos azuis escuros, uma pequena verruga no lado esquerdo de seu rosto sob o lábio e seios nitidamente falsos. Por algum motivo, tive a impressão de que ela tinha dinheiro.

— Oh, olá, Sra. Robinson.

— Brandon, você sabe que não sou casada, então, por favor, me chame de Teresa. — Ela aproveitou a oportunidade para dar um passo para mais perto de Brandon e esfregou a mão em seu braço esquerdo, gastando um tempo extra em seu bíceps. *Sra. Robinson? Uau, que irônico.* — Eu queria saber quando você me dará aquela aula particular que falamos.

Brandon deu um passo para trás e se aproximou de mim. — Teresa, lembra que conversamos que eu indicaria um dos meus melhores personal trainers?

— Eu lembro, querido, mas eu queria que *você* fosse o meu personal — os olhos dela seguiram para minha direção, me avaliando. Aproveitei a oportunidade para agarrar a mão esquerda do *meu* homem, mostrando claramente a ela que eu era mais do que uma amiga e companheira de treino. Brandon apertou minha mão em resposta.

— Teresa, você sabe que eu não treino alunos, eu apenas trabalho na administração, é por isso que eu indiquei que você fizesse aula com um dos meus melhores professores.

— Você não vai fazer uma exceção? — uau, eu não imaginava que mulheres mais velhas se rebaixariam tanto e implorariam com olhos de cachorrinho e com o lábio inferior tremendo, mas com certeza, Teresa estava fazendo isso. — Eu estou interessada em mais de uma sessão particular e eu pago o preço que for.

— Teresa, vamos conversar sobre isso amanhã, se você puder vir ao meu escritório antes das cinco horas. Posso te mostrar o arquivo com os professores que temos. Eu não tenho tempo para acompanhar treinos, com a expansão de Seattle em andamento, mas eu faço um preço razoável e você terá apenas que escolher entre os meus melhores professores — *Seattle? Eu não sabia que eles estavam expandindo.*

— Já que você insiste, vou te ver amanhã — ela me deu

um sorriso indiferente e piscou para Brandon. Em seguida, caminhou para frente da classe, quando o instrutor colocou a música para começar a aula.

Depois da aula de kickboxing, Brandon e eu fomos jantar no The Slanted Door.

— Oh, amor, antes que eu esqueça, na quinta-feira de manhã, Jason e eu vamos para Seattle, e voltaremos na sexta-feira à tarde, a tempo da exposição de Becca.

— Oh... era disso que você estava falando com a Sra. Robinson?

— Sim, nós estamos procurando um local, há alguns meses, para expandir a rede para Seattle. Há uma academia lá que está em processo de falência e nós vamos dar uma olhada e ver as condições que ela está.

— Se você comprá-la, vocês vão se mudar para Seattle? — *Deus, por favor, faça com que ele diga que não.*

— Não, nós contrataremos gerentes da região para administrar o lugar, principalmente, porque esta já é uma academia pronta e não precisa de muita reforma. Teremos que ir lá algumas vezes no início, mas não vamos nos mudar. Além disso, ainda queremos abrir outras aqui, na Califórnia — *obrigada, Jesus!*

— Que bom — eu disse um pouco alto demais, fazendo com que Brandon levantasse uma sobrancelha para mim. — O quê? — eu sorri para ele inocentemente.

— Você não quer que eu me mude, certo?

— Definitivamente não — eu disse, balançando a cabeça com um sorriso. — Além disso, isso significaria que minhas massagens semanais iriam acabar — eu brinquei.

— Ah, isso é tudo o que você está aproveitando de mim? — Brandon disse, sorrindo.

— É definitivamente uma das coisas.

— Ah, é mesmo, Srta. Marshall? Que outras coisas você está aproveitando de mim?

— Bem, eu preciso de um bom parceiro de dança, de vez em quando — eu sorri, quando meu pensamento voltou para aquela noite inesquecível em Vegas.

Depois do jantar, fomos para minha casa passar a noite. Ainda que eu amasse estar na casa de Brandon, combinamos que seria bom revezar entre as casas. Nós teríamos um pouco mais de privacidade na casa dele e eu poderia fazer companhia a Ryan, quando estivéssemos na minha.

Acho que nos acostumamos a dormir juntos, na mesma cama. Eu não queria ir para a cama sozinha na noite de quinta-feira. Como eu consegui me apaixonar tão profundamente e tão rápido?

Hoje era a noite do poker. Depois da academia, Brandon me deixou em casa para que eu pudesse passar um tempo com Ryan. Depois do jogo, ele voltaria para me buscar, assim ficaríamos juntos antes da sua viagem, na manhã seguinte.

Ryan e eu pedimos comida chinesa e assistimos TV a maior parte da noite.

— Ei, Ry, Brandon não vai estar na cidade amanhã. Você quer ir ao MoMo para jantar e beber, depois do trabalho? — perguntei a ela, durante um dos intervalos comerciais.

— Eu não sei. É dia de semana — opa, isso nunca foi impedimento para nós. Bom, as coisas estavam definitivamente piores do que eu pensava.

— Como você vai conhecer alguém, se você não sai de casa? — eu esqueci, completamente, da operação "reconquistar Max". Me senti culpada por não ser uma amiga melhor, mas já tinha passado algumas semanas e eu acho que Ryan não tinha ouvido falar dele. Era hora de começar a tirá-lo de sua cabeça.

— Eu não sei. Eu ainda sinto falta dele — eu podia ver as lágrimas começando a se formar em seus olhos.

— Outro motivo para sair e tomar uns drinques. Nós podemos ter uma noite divertida e anestesiar a dor.

— Tudo bem, mas eu não quero ficar fora até tarde. Promete que podemos voltar cedo para casa?

— Prometo.

୬⌇♡⌇୧

Estava muito tarde, quando Brandon chegou para me pegar.

— Oi, amor — eu disse, ao entrar no carro. Brandon se inclinou para me beijar e eu sorri. — Você ganhou esta noite?

Ele começou a dirigir para o seu apartamento. — De certo modo, empatei. Você se divertiu com Ryan?

Encostei minha cabeça para trás, contra o banco, e

disse: — Ah, a depressão dela está me matando. Ela não quer nem mais sair de casa. Eu consegui convencê-la a ir comigo no MoMo amanhã, depois do trabalho. Estou pensando em embebedá-la!

— Oh, eu vou receber mensagens de textos bêbadas de novo? — ele perguntou, com seu famoso sorriso.

— Provavelmente — desta vez, se eu dissesse qualquer uma daquelas besteiras novamente, eu não ficaria com vergonha. Apesar de que eu ainda não acreditava ser capaz de fazer a coisa de ménage. Eu não tinha certeza se eu gostaria de compartilhá-lo com outra pessoa.

Quando chegamos ao apartamento, Brandon me levou direto para o quarto e começou a tirar a minha camisa. — Deus, eu vou sentir sua falta — ele disse.

— Você só vai ficar fora um dia, tenho certeza que vai ser bom para nós. — bom para minha vagina, pelo menos. Ela poderia ter um pouco de descanso e relaxamento. Eu dei uma gargalhada mentalmente, e lhe dei um sorriso de leve.

— Diga isso ao meu pau — ele riu, me fazendo rir de volta. Então, ele se inclinou e me beijou, sua língua roçou meu lábio inferior e sua mão direita agarrou algumas mechas do meu cabelo. Ele me pegou no colo e eu envolvi minhas pernas ao redor de sua cintura, enquanto nossas línguas dançavam juntas, com desejo.

Sentamos na cama, comigo montada em cima dele. Puxei sua camisa sobre a cabeça, e ele tirou meu sutiã. Minha calcinha já estava úmida de desejo, quando eu senti seu pau endurecer rapidamente em seu jeans.

— Tira essa calça, agora! — eu ordenei, enquanto me

levantava para tirar minha própria calça. Brandon tirou sua calça e a boxer, enquanto eu fui até a mesa de cabeceira pegar um preservativo. — Deite-se.

— Tão mandona, eu gosto disso!

— Ha! Eu nunca fui assim antes. Não sei o que deu em mim — eu disse, mas na verdade eu sabia exatamente o que tinha dado em mim - este homem lindo na minha frente. Eu poderia passar 24 horas por dia, sete dias por semana, com ele nu.

— Eu gosto — e lá estava de novo aquele sorriso lento e sexy que derretia meu coração e me fazia querer fazer coisas perversas com ele.

Arrastei-me por cima de seu corpo e montei nele enquanto eu rolava o preservativo em seu eixo já duro como uma rocha. Voltei minha boca para a dele e o beijei vigorosamente e com necessidade, fazendo seu pau se contrair em resposta.

Quebrando o beijo, eu virei de modo que minhas costas ficassem de frente para ele. Segurei a base de seu pênis, enquanto eu lentamente o levava para dentro de mim, centímetro por centímetro. Minhas pernas ao redor de seu corpo, dando-lhe apenas a visão das minhas costas. Suas mãos agarraram meu quadril, guiando-me.

Minhas mãos repousaram sobre suas coxas e comecei a me mover para cima e para baixo. Ele levantou suas mãos e acariciou meus seios, enquanto meu quadril balançava com força contra seu pau. Eu movia meu quadril e ele encontrava comigo, impulso por impulso.

Nossos corpos balançavam em sincronia enquanto

nossos quadris se moviam contra o outro. Eu abaixei a minha mão e esfreguei meu clitóris. Corri meu dedo médio ao redor da minha vagina que pulsava ao redor de seu pênis. Antes que meu corpo estivesse acabado pelo meu orgasmo, senti o corpo de Brandon ficar rígido quando ele empurrou com força em mim mais uma vez. — Porra, amor — ele disse quando se acalmou.

ᖇ☉♡☉ᖆ

Na manhã seguinte, foi difícil dizer adeus a Brandon. Ainda que ele só fosse ficar longe por um período muito curto, eu já estava sentindo saudades. Decidi não ir à academia, já que eu não teria meu parceiro de treino comigo.

Enquanto me preparava para ir jantar com Ryan, eu mandei uma mensagem de texto para ele, para saber como foi seu dia.

Eu: *Oi, querido! Como foi seu dia?*

Brandon: **Oi, amor, foi tudo bem. O proprietário deveria encontrar-se com a gente, mas ele esqueceu. Praticamente perda de tempo, mas vimos o lugar e a boa notícia é que não é um lixo! Como foi seu dia?**

Eu: *Foi bom. Acho que o artigo sobre a academia está quase pronto para ir ao ar! Minha chefe acha que nossa newsletter de dezembro será enviada por e-mail.* ☺

Brandon: *Perfeito! Jason e eu estamos prestes a sair para jantar. Você ainda vai sair com Ryan?*

Eu: *Sim, eu estou me arrumando.*

Brandon: **Legal, ligue para mim, quando chegar em casa.**

Eu: *Ok. Vai ser meio estranho dormir sem você ao meu lado esta noite.*

Brandon: **Eu estava pensando a mesma coisa!** Prometo compensar você amanhã à noite e neste fim de semana, já que é o seu aniversário!

Eu: *Mal posso esperar! Eu te ligo mais tarde.*

Brandon: Oh, Spence...

Eu: *Sim?*

Brandon: A noite passada foi incrível!

Eu: *Só a noite passada?*

Brandon: **Você sabe o que eu quero dizer!** Acho que preciso sair da cidade com mais frequência, para ganhar sexo como o da noite passada!

Eu: *Ha! Só não queria que você me esquecesse.*

Brandon: Você não é tão fácil de esquecer.

Eu: *Bom! Divirta-se com Jason.*

Brandon: **Divirta-se com Ryan, e cuidado. Mas eu estou** ansioso para receber mensagens de textos bêbadas! ☺

Eu: *Eu vou ver o que posso fazer!*

Esperei alguns minutos, até que meu rosto voltasse à sua cor normal.

— Ei Ry, você está pronta para sair? — perguntei enquanto caminhava para a sala de estar.

— Sim, vamos fazer essa merda!

✨Capítulo Dez✨

Ryan e eu chegamos ao MoMo e decidimos sentar no bar. O Giants teve um jogo durante o dia e não havia cobertura à noite na TV, mas não tinha diminuído a movimentação, no local.

— E aquele cara? Ele é bonito — eu falei a Ryan enquanto apontava para um cara no bar.

— Eh, ele é legal — ela disse, desinteressadamente.

Ok, Ryan, você precisa sair dessa merda! Revirei os olhos em frustração.

Estávamos quase acabando a nossa segunda vodka cranberry e eu estava prestes a chamar o garçom para pedir a terceira rodada, quando vi alguém, com o canto do olho, abordando Ryan. Virei em sua direção e vi que era Max. *Maldito, de todas as noites você tinha que aparecer logo hoje?! Obrigada, cara - eu estava tentando fazer com que ela te esquecesse, seu idiota!*

— Max, o que você está fazendo aqui? — Ryan perguntou surpresa.

— O pessoal do trabalho resolveu vir aqui beber, depois do trabalho — Max olhou para mim e me deu um sorriso amigável de olá. Foda-se essa merda! Eu lhe atirei meu olhar de morte novamente e ele teve a graça de corar e, desajeitadamente, pigarreou. — Posso falar com você... em particular? — Max perguntou a Ryan, voltando-se para ela.

Tudo o que eu preciso   103

— Hum... — ela lambeu os lábios nervosamente e olhou de Max para mim e voltou para Max novamente.

Não faça isso, Ryan, você não ouviu falar dele nas últimas semanas. Não faça isso!

— Claro.

Droga!

Quando Ryan começou a se levantar da mesa, segurei o pulso de Max. Meu excessivo senso de defesa estava em pleno vigor.

— Max, se você machucá-la novamente, eu juro por Deus, eu vou te caçar, chutar suas bolas e fazer você lamentar ter me conhecido.

— Eu entendi, Spencer — disse ele, sério, com um leve estremecimento.

— Estamos conversados, então — sorrindo, bati em sua mão e, em seguida, deixei-o ir. Eu os observei sair em direção ao terraço para conversar, e torci para que eles fossem capazes de resolver as coisas. E eu esperava que Max não quebrasse seu coração novamente. Porque, honestamente, eu sempre gostei muito dele e eu odiaria ter que acabar com a raça dele.

∽◔♡◕∽

Eles tinham saído há cerca de dez minutos e eu estava começando a ficar preocupada. Quando eu estava prestes a me levantar, um rapaz se aproximou da minha mesa. — Ei, Courtney, como você está?

Courtney? Que porra é essa? Eu olhei para cima e meu coração quase parou quando eu percebi que era Trevor, de Vegas. *Merda!*

— Oh... oi, Trevor, como você está?

— Eu estou bem, o que lhe traz a São Francisco?

— Estou na cidade a trabalho, você? — *oh, merda, oh merda!*

— Sim, eu também. Onde você vai ficar?

Merda. Que hotéis têm por aqui? Merda, merda, merda!

— Oh, eu estou me hospedada na casa de uma amiga. Matando dois coelhos com uma cajadada só — eu disse, com um riso nervoso. — Onde você está hospedado?

— No Wyndham, na Union Square. Mas o meu colega de trabalho e eu fomos para o jogo dos Giants esta tarde, e depois, viemos aqui beber.

— Legal — nós ficamos em um silêncio constrangedor.

— Eu... — justo quando eu ia me desculpar, Ryan e Max voltaram.

— Ei, Spen... — minha cabeça rapidamente virou em sua direção, meus olhos arregalaram e, provavelmente, pularam para fora do meu rosto, enquanto eu a olhava ansiosamente. Felizmente, ela percebeu que Trevor estava ali, antes de terminar de dizer o meu nome. — Courtney... Phil vai nos levar de volta...

— Oh, vocês estão prontos para ir pra casa, Phil? — eu perguntei. *Querido Deus, por favor, permita que Max entenda o nosso "código de meninas" agora!*

— Oi, Megan, é bom te ver novamente — disse Trevor.

— Oh, você também, Trevor, como você está?

— Ótimo. Eu estava dizendo a Courtney que estou

Tudo o que eu preciso   105

hospedado no Wyndham, enquanto estou aqui a trabalho. A vinda de vocês até aqui também é a negócios?

Eu rapidamente respondi por ela. — Sim, mas estamos ficando com o irmão de Megan. Este é Phil — os olhos de Max se arregalaram e ele murmurou "irmão" olhando para mim interrogativamente. Eu só balancei a cabeça para ele uma vez e lhe lancei um olhar que dizia "basta me seguir!".

— Ah, legal, muito prazer, Phil — disse Trevor, estendendo a mão para Max, que hesitante, o cumprimentou de volta.

— O prazer é meu. Trevor, né? Então, hum... bem, vocês estão prontas, meninas? — Max perguntou, felizmente, jogando junto. — Eu preciso chegar cedo no trabalho.

— Sim, estamos. Foi bom vê-lo novamente, Trevor — eu disse esticando a minha mão, para apertar a dele.

— Igualmente. Megan, devo dizer a Matt que você disse oi? — ele sorriu para ela, desconhecendo sua inocente gafe.

Ryan parecia querer que o chão a engolisse, e ela falou rapidamente. — Uh, sim, com certeza, diga a ele que eu disse olá. Espero que você aproveite o resto da sua viagem. Nós realmente temos que ir, desculpe!

Oh, meu Deus, me tire daqui. Nunca, nem em um milhão de anos, eu imaginei ver Trevor de novo e Ryan parecia que estava em um navio naufragando rapidamente. Eu acho que isso nos ensina a não mentir. Como assim? Ele ainda acha que meu nome é Courtney e que eu vivo em Seattle?

Assim que entramos no carro de Max, Ryan e eu dissemos ao mesmo tempo "puta merda!", e suspiramos em alívio.

— Max, mesmo que eu te odeie agora, muito obrigada

por estar aqui esta noite! — eu falei, afivelando o meu cinto de segurança.

— A propósito, Spence. Max vai deixá-la em casa e então nós vamos para casa dele, conversar — Ryan disse virando de frente para mim, do banco da frente.

— Ok, sem problemas. Eu estou agradecida por estar fora dessa situação. Essa foi por pouco!

— Vocês duas querem me dizer o que foi aquilo? — Max perguntou.

Quando Ryan e Max me deixaram em casa, eu mal podia esperar para ligar para Brandon e ouvir a sua voz. Fiquei assustada com o quanto eu já sentia a sua falta. Me acomodei na cama para ligar e percebi que tinha uma mensagem de texto de um número que eu não conhecia:

Desconhecido: **Pergunte a Brandon onde ele realmente está, sua puta!**

Meu coração se afundou. Apenas cinco pessoas, que eu conhecia, sabiam que eu estava namorando Brandon, além de nós mesmos: Ryan, Jason, Becca e, mais recentemente, Travis e Misty. No entanto, eu não acredito que Travis e Misty soubessem o nome dele. Talvez, Teresa da academia, mas era altamente improvável.

Fiquei ali sentada, olhando para o meu telefone, perguntando-me o que eu deveria fazer. Devo responder? Devo ligar de volta e ver quem atende? Devo ligar para Brandon e perguntar se conhece esse número?

Brandon nunca me fez duvidar que ele não estava dizendo a verdade sobre seu paradeiro ou ainda que ele estava encontrando alguém. Durante a última semana e meia, tínhamos estado juntos todas as noites.

Desde que Brandon e eu começamos a ficar juntos, eu tinha dito a ele tudo sobre o Trav*idiota* ter quebrado meu coração - de maneira alguma, ele poderia estar fazendo a mesma coisa. Brandon, inclusive, se aproximou do Trav*idiota* algumas noites atrás, agradecendo-lhe por ser um idiota. Não havia nenhuma chance... certo? Levei alguns minutos para organizar meus pensamentos. Eu não poderia ficar brava com ele por uma coisa que não era verdade. Decidi ligar para Brandon, como havíamos combinado. Se ele não atendesse, então, talvez, eu tivesse a minha resposta?

Meu corpo relaxou quando Brandon atendeu ao telefone no segundo toque.

— Oi, baby — ele acabou de se referir a mim como "baby". De jeito nenhum ele poderia estar com outra mulher.

— Oi!

— Você e Ryan se divertiram esta noite?

— Sim, mas Max apareceu e agora eles estão na casa dele, conversando.

— Oh? Isso é bom, né?

— Ah, eu acho. Eu gosto do Max, mas eu odeio o que ele fez com Ryan. Eu o ameacei deixá-lo estéril se ele a machucasse de novo!

— Você fez o quê? — ele perguntou enquanto ria.

— Sim, eu ameacei cortar suas bolas e fazê-lo se arrepender de ter me conhecido — eu estava rindo também.

— Ah, amor, você é uma boa amiga! — meu coração disparou quando ele disse "amor". Não havia absolutamente nenhuma chance dele estar com outra mulher.

— Eu tento. Como está Seattle?

— Está tudo bem. Embora eu esteja ansioso para voltar pra te ver.

— Eu também. O que vocês estão fazendo? — eu tenho que admitir, havia um significado oculto para essa pergunta.

— Estamos relaxando no quarto do hotel. Acabamos de voltar do jantar.

— Diga a Jason que eu disse olá.

Eu ouvi Brandon dizer a Jason: — Ei, Spencer disse olá.

De repente, ouvi uma breve briga e Brandon falar: — Cara, me dá o telefone.

— Olá, Spencer! — Jason conseguiu dizer enquanto eu continuava a ouvir barulho no fundo. — Brandon está sendo uma putinha chorona agora porque ele está ansioso para voltar pra casa — eu ri das palhaçadas de Jason e ouvi Brandon xingando e brigando com ele.

— Desculpe por isso. Ele é um imbecil — Brandon disse, quando conseguiu pegar seu telefone de volta.

— Não se preocupe. Bem, eu só queria dizer oi e deixar você saber que eu estou em casa. Eu vou para a cama agora.

— Então, não tem mensagens de texto bêbadas?

— Não, não desta vez. Nós mal tomamos duas bebidas, antes de Max aparecer.

— Droga — ele disse, parecendo um pouco decepcionado.

— Ok, então te vejo amanhã.

— Boa noite, meu amor, e me manda uma mensagem de texto amanhã?

— Claro.

— Ah, e eu vou te buscar às dezoito horas, para irmos à exposição da Becca.

— Ok, perfeito. Vejo você depois.

— Boa noite, meu amor.

— Boa noite.

ᕤᕦCapítulo Onze♥ᕤᕦ

Essa tinha sido uma típica sexta-feira. O voo de Brandon chegou às três horas da tarde, e ele me enviou uma mensagem de texto quando aterrissou. Eu mal podia esperar para vê-lo. O resto da tarde foi longa e arrastada até que, finalmente, chegou a hora de ir embora. Quando desci do ônibus, corri para casa e rapidamente me preparei para esperar Brandon me buscar. A exposição de Becca só iria começar um pouco mais tarde, mas nós íamos jantar primeiro. Ryan e Max tinham se reconciliado e iam para a exposição também, nos encontraríamos mais tarde, na galeria.

Brandon me buscou pontualmente às seis e me levou para jantar no Jasper's Corner Tap & Kitchen. A mensagem de texto misteriosa e desagradável da noite anterior ainda pesava em minha cabeça. Eu sabia que Brandon não estava mentindo para mim, mas eu também estava curiosa para saber se ele conhecia o número.

— Amor, ontem à noite, eu recebi uma estranha mensagem de texto de um número que eu não conheço — eu não sabia como falar sobre isso casualmente, então, eu decidi ser franca com ele, sem rodeios.

— Tudo bem? — Brandon perguntou, levantando uma sobrancelha.

Eu peguei o telefone e entreguei a ele. — Vou deixar você ler.

Ele olhou para a mensagem e seus olhos se estreitaram, sua boca apertando em uma carranca.

— Você sabe de quem é?

— Sim, é da minha ex, Christy. Meu amor, eu sinto muito por isso. Ela não tem o direito de mandar mensagens para você.

— Como ela conseguiu meu número?

— Eu não tenho ideia... Bom, há algumas semanas ela foi até lá em casa, buscar suas coisas, que ela não havia levado quando terminamos. Não me lembro se deixei o celular na cozinha quando fui até o quarto, buscar as coisas dela. Mas amor, você sabe que eu estava mesmo em Seattle, né?

— Sim, claro! Eu só não entendo porque ela me mandaria uma mensagem.

— Ela só está tentando criar problemas entre nós, porque ela sabe que eu e ela terminamos. Eu juro a você que Jason e eu estávamos realmente em Seattle. Eu até posso mostrar o meu cartão de embarque.

— Amor, eu acredito em você. Só achei estranho que ela tivesse mandado enquanto você estava fora da cidade.

Suspirando, ele disse. — Eu realmente não queria te arrastar para o meu drama. Mas já que ela conseguiu envolver você e agora tem o seu número de telefone, você precisa saber. Christy vem ligando e me perturbando todos os dias, desde que terminamos. Desde que ela veio ao meu apartamento pegar as suas coisas, eu praticamente ignoro as suas ligações. Algumas vezes eu atendi, porque eu fiquei furioso com ela. Eu disse a ela várias vezes para me deixar em paz e parar de ligar. Eu tentei ser sincero com ela dizendo que eu segui em frente e encontrei alguém por quem eu sou louco, mas ela simplesmente não para.

Balancei a cabeça em compreensão e agarrei sua mão na minha, apertando suavemente. — Eu sinto muito que você esteja passando por um momento tão difícil. Mesmo sendo uma situação tão ruim, eu queria que você tivesse me dito.

— Eu sei amor, mas eu não queria te arrastar para o meu drama. Eu pensei até em mudar o número, mas é uma complicação tão grande e eu realmente não queria te sobrecarregar com tudo isso. Eu nunca imaginei que ela fosse atrás de você para tentar nos separar.

— Acho que eu ouvi você falando com ela, na manhã do sábado passado.

— Você ouviu?

— Sim, mas eu não sabia que ela estava assediando você. Eu ainda não entendo como ela conseguiu meu número. Mesmo que ela tenha conseguido pegar seu celular, como ela saberia a meu respeito?

— Tudo o que ela teria que fazer era ler as nossas mensagens e essa era a única forma dela descobrir isso. A única pessoa que eu mando mensagens, além de você, é para Jason, mas nossas mensagens são definitivamente de uma natureza diferente — ele sorriu para mim, tentando me animar. Eu sorri de volta, mas meu estômago ainda estava amarrado em nós.

Nós terminamos de comer e fomos para a exposição da Becca. Brandon ainda estava visivelmente chateado, eu nunca o tinha visto assim. Ryan e Max estavam esperando do lado de fora da galeria, quando chegamos.

Tudo o que eu preciso   113

Ela estava sorrindo como a velha Ryan, parecendo feliz, e eu estava contente que ela e Max estavam resolvendo as coisas. Não tive a chance de falar com ela sobre a conversa dos dois, mas acho que correu bem. Eu apresentei Brandon a Max e os dois foram para o bar pegar alguns drinques.

Assim que eles saíram, eu virei para ela e perguntei. — Então, você e Max voltaram?

— Sim. Ele disse que as últimas semanas foram de matar e que não quer ficar separado de mim.

— E quanto a filhos?

— Disse que mudou de ideia. Tudo o que eu quiser, ele quer. Ele quer uma vida comigo — Ryan parecia tão feliz que eu odiava estourar sua bolha, mas eu queria ter certeza de que ela estava tomando a decisão certa.

— E você o aceitou de volta apenas com isso?

— Spence, você sabe o quanto eu o amo.

— Eu sei, eu apenas odeio como ele partiu seu coração e sei que ele tem o poder de fazer isso novamente. Eu só quero o melhor pra você, Ry.

— Eu sei e eu te amo por isso.

Nós duas continuamos andando pela galeria. As fotos de Becca eram exuberantes. Ela expôs fotos tiradas em São Francisco e Austin. As de Austin tinham sido apenas por diversão, mas dado o seu talento, ela tinha que exibi-las. Quando eles mudaram para São Francisco, ela fez aulas de fotografia e decidiu investir na carreira.

— Hum, a ex do Brandon me mandou uma mensagem de

texto ontem à noite.

— O quê? Ela mandou? O que ela disse? — Ryan perguntou se virando para mim.

— Ela disse que eu deveria perguntar a Brandon onde ele realmente estava ontem à noite.

— Oh, meu Deus, você contou ao Brandon?

— Sim. Foi assim que eu soube que era sua ex. Ele reconheceu o número — eu dei de ombros.

— O que ele disse? — Ryan olhou por cima do ombro em direção ao bar atrás de mim.

— Ele ficou preocupado que eu não acreditasse que ele estava em Seattle e também me disse que ela liga todos os dias.

— Uau! O que ele vai fazer?

— Eu não sei. Ele disse que iria resolver isso.

Brandon e Max voltaram com taças de champanhe. Continuamos a explorar a galeria e eu me apaixonei pelas fotografias de Becca.

— Mal posso esperar pra levar você para casa e te tirar desse vestido. Eu não tirei os olhos das suas pernas a noite toda — Brandon disse, sussurrando em meu ouvido.

Corando, sussurrei de volta: — Eu não posso imaginar o que aconteceria se você tivesse ficado fora por duas noites, Sr. Montgomery.

— Se isso acontecesse, nós não esperaríamos o término

de qualquer evento antes que eu arrancasse as suas roupas. Nós provavelmente precisaríamos pular o jantar — Brandon disse e, em seguida, beijou meu rosto e apertou a minha bunda.

Nós, finalmente, cumprimentamos Becca e Jason, que ficou socializando com sua esposa, antes de chegarmos. Jason estava sorrindo de orelha a orelha, e era nítido que ele estava muito orgulhoso dela. Brandon também estava orgulhoso da sua amiga.

Fomos um dos últimos a sair. Becca era uma grande revelação e a maioria das suas fotos foi vendida. Ryan e Max estavam caminhando com a gente e nós voltaríamos para a nossa casa essa noite.

Nós tínhamos saído da galeria e estávamos esperando Becca trancar as portas, quando fomos abordados por uma mulher. Ela era mais alta que eu, muito magra, com cabelo loiro, longo e liso, peitos enormes, e uma pequena verruga na bochecha direita que era pouco visível. Ela parecia uma modelo. Ótimo, outra loira.

— Que diabos você está fazendo aqui, Christy? — Brandon se virou para ela, claramente perturbado e agitado por sua presença. Eu congelei no caminho. Christy, a ex?

— Eu preciso falar com você — ela disse a ele.

— Olha, agora não é a hora, nem o lugar para conversar. Eu já lhe disse centenas de vezes que eu não quero falar com você. Deixe-me em paz ou eu vou dar entrada em uma ordem de restrição... e pare de assediar Spencer, também! — Brandon estava ainda mais furioso do que tinha ficado no jantar. Ele soltou a minha mão e levantou seu rosto, mantendo-se firmemente plantado entre nós.

Assim que ele começou a se afastar dela e esticou a mão para segurar a minha de novo, ela deixou escapar duas palavras que fizeram o meu coração despencar para o fundo do meu estômago.

— Estou grávida!

— Grávida? Ela acabou de dizer grávida? — sussurrei para Ryan.

— Porra! — foi tudo que Ryan conseguiu dizer.

Ouvi Becca suspirar atrás de mim. Sim, ela disse grávida. Senti minhas pernas enfraquecerem.

— E o que eu tenho a ver com isso? — Brandon perguntou a Christy.

— O filho é seu — ela retrucou.

— Oh, inferno, não! — eu ouvi Jason falar atrás de mim.

— Ryan... — eu disse, ainda sussurrando para ela.

— Sim? — Ryan nem sequer olhou para mim. Como eu, seus olhos estavam grudados no desastre na nossa frente.

— Me belisca.

— O quê? — ela disse quando finalmente olhou para mim.

— Ryan, você precisa me beliscar. Agora, já! Por favor, me acorde! Isso não pode estar acontecendo! — eu já não estava sussurrando.

— O que você quer dizer com estar grávida de um filho meu? Nós terminamos semanas atrás! — o volume da voz de

Tudo o que eu preciso 117

Brandon foi aumentando e estava ficando perigosamente perto de berrar.

— Estou grávida de seis semanas.

— Isso é impossível.

Essa conversa estava realmente acontecendo nas ruas de São Francisco? Eu não sabia o que fazer. O braço de Ryan estava ao redor dos meus ombros com seu corpo pressionado ao meu, me segurando. Eu senti como se alguém tivesse me dado um soco no estômago, e não conseguia respirar.

— Eu furei todos os preservativos!

— Que diabos, Christy! Você está falando sério? Você não pode ter feito algo tão doentio. Você está louca, porra? — Brandon estava andando pela calçada, ficando mais e mais furioso. Ele parecia estar tentando manter a calma, mas ele estava perdendo a batalha. Eu não o culpava, de modo algum. Se ela não estivesse grávida, acho que eu teria dado um soco nela.

— Eu tinha certeza que você não valia nada — Jason falou.

— Christy, você está no meu local de trabalho e antes de causar uma cena maior, você precisa ir embora. Você e Brandon precisam discutir isso em particular — Becca disse enquanto se colocava entre Christy e Brandon.

— Meu amor... — Brandon se voltou para me encarar. — Ryan e Max vão te levar para casa. Eu vou pra lá depois que conversar com Christy e resolver essa merda.

Brandon se moveu o suficiente para que ele olhasse diretamente em meus olhos, quando senti as lágrimas se formarem. Em seguida, ele olhou para Max, e depois beijou meus lábios. Quando nos separamos, Ryan me levou em direção ao carro de Max.

Quando chegamos em casa, desmoronei no sofá. Eu não conseguia acreditar que isso estava acontecendo. Eu não culpava Brandon por isso, principalmente, se a cadela furou os preservativos. Eu estava apaixonada por ele e queria estar com ele. Eu só não tinha certeza se eu estava pronta para ser uma madrasta, especialmente porque eu ainda não era mãe.

— Spence, você quer sorvete ou vodka? — Ryan perguntou, depois de se acomodar.

— Os dois! Eu quero uma dose dupla de cada... juntos! — eu disse quando já estava deitada sobre a almofada do sofá.

— Você quer falar sobre isso? — ela perguntou ao me entregar a tigela de sorvete de chocolate com menta e uma dose de vodka.

— Isso realmente está acontecendo? — eu estava lutando para conter as lágrimas, enquanto inclinava a cabeça para trás, virando o shot de vodka, que queimou um pouco a minha garganta.

— Sim, querida, está — ela disse enquanto esfregava minhas costas.

— Mas... como? Depois de tudo que o Trav*idiota* me fez passar... Eu finalmente encontrei alguém que me trata bem, que quer gastar vinte e quatro horas do dia, sete dias da semana comigo... que eu estou apaixonada — eu disse com uma colher grande de sorvete na minha boca.

— Você está apaixonada por ele? — pela sua pergunta,

você pensaria que ela estava chocada, mas não estava.

— Sim, como eu poderia não estar? — eu tinha acabado de perceber que Max não estava na sala. Eu acho que ele quis me dar espaço.

— Eu sei que Brandon é um cara bom. Esta é apenas uma situação muito infeliz — Ryan tomou a taça de sorvete das minhas mãos e a colocou sobre a mesa, ao ver as lágrimas escorrendo pelo meu rosto.

— O que eu faço? — pesadas lágrimas quentes começaram a rolar pelo meu rosto, molhando a almofada.

— O que você quer fazer?

— Eu não sei, Ryan, esta menina parece louca. Ela me enviou uma maldita mensagem de texto grosseira, ontem à noite. Ela, de alguma forma, tem meu número. Como posso competir com uma louca?

— Querida, isso não é uma competição. Eu tenho certeza e, eu sei que você também tem, que Brandon não quer ficar com essa mulher.

— Eu sei, mas pelos próximos 18 anos, no mínimo, ele terá que lidar com ela. Eu sei que é muito cedo para pensar isso, mas... eu vou ter que lidar com ela também. Essa garota parece maluca de verdade!

— Você quer ficar com ele?

— Sim, é claro. Isso não muda o que sinto por ele.

— Então, você tem sua resposta.

— Mas...

— Sem mas, Spencer. Basta pensar que Brandon estará com você, e não com ela. Ele vai segurar sua mão, abraçar você e lhe dar orgasmos incríveis!

— Ryan!

— É verdade! Tenho ouvido vocês — ela disse, enquanto piscava para mim.

— Oh, grande, esta noite está cada vez melhor e melhor! — eu disse, sorrindo por trás das minhas lágrimas.

— Spencer, eu sou sua melhor amiga e nós, supostamente, podemos falar essas coisas.

— Eu sei, é apenas embaraçoso.

— Por favor, eu sei que você já ouviu Max e eu antes! — *isso não é verdade!*

— Sim... — antes que eu pudesse terminar meu pensamento, ouvimos uma batida na porta.

— Você quer que eu atenda para você? — Ryan perguntou.

— Não, eu vou atender.

Levantei do sofá e caminhei em direção à porta.

— Ok, Max e eu vamos estar no meu quarto, lhe dando tempo para conversar. Avise-me se você precisar de mim.

Ryan me abraçou e depois saiu. Meu coração estava disparado. Eu tinha colocado na minha cabeça que eu queria estar com Brandon, mas e se ele não quisesse estar comigo? Eu limpei os olhos e abri a porta.

๑❤Capítulo Doze❤๑

Antes que eu pudesse abrir completamente a porta, Brandon entrou. Ele me empurrou contra a parede, me beijando com força, enquanto suas mãos seguravam meu rosto. Ele me levantou e eu envolvi minhas pernas em volta da sua cintura. Sem quebrar o beijo, ele trancou a porta e foi até o meu quarto.

Entrando no quarto, ele fechou a porta e, lentamente, me abaixou me colocando sentada na beira da minha cama. Brandon se ajoelhou diante de mim, com seus braços ao meu redor.

— Spencer, eu posso explicar tudo. Por favor, não me deixe.

— O quê? Não...

— Apenas me deixe falar, eu preciso esclarecer — ele olhou diretamente nos meus olhos. Ele parecia ter chorado. — Para mim, nada mais importa além de você, Spencer. Nada. Você é o que eu quero, você é *tudo o que eu preciso.* Onde você está é onde eu preciso estar. Eu preciso de você na minha vida. Nada do que Christy me dissesse poderia ser tão importante quanto você é para mim. Vou amar este bebê e ser o melhor pai que eu puder, mas eu quero você comigo... Eu estou... eu estou apaixonado por você.

— Você... você me ama?

— Sim, eu te amo! Eu nunca conheci ninguém como

Tudo o que eu preciso   123

você. Eu não consigo tirar você da minha cabeça. Eu penso em você o tempo todo, todos os dias. Odiei estar longe de você quando fui a Seattle e foi apenas por um dia. Eu não consigo imaginar minha vida sem você. Por favor, não termina comigo.

— Eu amo você também — eu sussurrei, ainda em choque. Ele disse que me amava. Minha cabeça estava girando, mas eu me sentia da mesma forma que ele. Eu tinha me apaixonado por ele também.

— Você me ama? — ele realmente parecia chocado.

— Claro que eu... — Brandon me beijou novamente.

Entre beijos, ele começou a falar novamente. — Spencer, depois de todas as notícias... do que eu ouvi hoje... você me fez... tão feliz!

Brandon abriu o zíper do meu vestido, deixando-o escorregar pelos meus ombros, passando pelo meu corpo até que caiu em uma piscina de seda aos meus pés. Ele enfiou os dedos na minha calcinha, quando eu deitei na cama e levantei meu quadril. Após retirar a calcinha, Brandon passou os dedos levemente pelos meus pelos pubianos. Eu podia sentir a umidade entre minhas pernas.

Inclinando-se sobre mim, Brandon tomou meus lábios e sua língua começou a fazer amor com a minha boca, como se ele não pudesse ter o suficiente. Eu o bebi, alimentando minha necessidade, apesar de nem de longe começar a matar minha sede por ele. Ele chupava minha língua, gentilmente, enquanto eu gemia em sua boca.

Dois dedos afundaram em mim, enquanto seu polegar circulava em volta do meu clitóris. Eu podia senti-lo me esfregando e acariciando, movendo-se dentro e fora. Meu núcleo apertou quando seus dedos deslizaram profundamente na minha abertura encharcada. Quando eu estava perto de gozar, Brandon parou de mover seus dedos.

— Não pare — eu sussurrei.

língua.
— Eu sei, baby, mas eu preciso que você goze na minha

pernas.
— Oh... oh! — a boca de Brandon estava entre as minhas

O calor de sua boca causou arrepios pelo meu corpo, quando sua língua mergulhou profundamente. Segurei o edredom ao sentir sua língua lamber o caminho até a minha bunda e voltar até o meu clitóris, aumentando, então, a pressão.

Ele aumentou o ritmo, mergulhando a língua dentro de mim novamente. Meu corpo apertou com a construção do orgasmo. Seu polegar circulava meu clitóris enquanto sua língua se aprofundava. Eu não consegui mais resistir ao prazer quando minha vagina apertou em torno de sua língua, e eu gritei Deus e seu nome juntos. *Desculpe, Ryan!*

Eu ri quando percebi que Ryan e Max tinham, com certeza, me escutado.

— Não é bom para o meu ego você rir depois que eu estive aí em baixo em você, amor.

Não pude deixar de rir de novo com sua expressão um pouco descontente. — Oh, não, foi ótimo. Mais do que ótimo, na verdade. Mas pouco antes de você chegar aqui, Ryan me disse que ela nos ouviu antes e em seguida você me fez gritar seu nome.

Tudo o que eu preciso   125

— Ah... eu esqueci que eles estavam aqui.

— Está tudo bem, eu já os ouvi muitas vezes. Provavelmente, vamos ouvi-los em um minuto.

— Feliz aniversário, baby!

Olhei para o relógio e marcava 00:01.

— Obrigada! — eu disse, quando ele se inclinou e me beijou.

— Eu sei que tínhamos planejado ir a Santa Cruz hoje, mas eu estava esperando que talvez pudéssemos fugir juntos - só você e eu. Depois de toda a merda da Christy, eu só queria ficar trancado em um quarto de hotel com você.

— Ah, gostei da ideia!

— Você acha que Ryan se importaria?

— Eu acredito que não. Bom, ela e Max voltaram, então, eu tenho certeza de que eles iriam gostar de ter algum tempo sozinhos. Além disso, eu posso fazer algo na noite de domingo com ela... Onde você estava pensando?

— Eu não sei... talvez.... Pebble Beach?

— Oh, eu nunca fui. Isso parece perfeito!

Chegamos à Pebble Beach por volta do meio-dia. Brandon fez reservas no The Inn at Spanish Bay.

— Tenho uma reserva para Montgomery — Brandon disse quando nos aproximamos da recepção do hotel.

— Sim, Sr. Montgomery, temos uma reserva para um quarto com vista para o mar, por uma noite.

— Sim, isso mesmo.

Olhei ao redor do lobby enquanto Brandon fazia o check-in, me segurando ao seu lado. Havia algumas pessoas sentadas, relaxando nos sofás dourados que ficavam em frente a uma lareira apagada.

— Você e a Sra. Montgomery gostariam de uma ou duas chaves? — *Sra. Montgomery?* Eu parei de olhar em volta e voltei minha atenção para Brandon, curiosa sobre como ele reagiria à suposição do funcionário de que eu era sua esposa.

Brandon se virou e olhou para mim enquanto piscava. — Duas, por favor.

O recepcionista nos entregou as chaves, enquanto Brandon agarrava minha mão, colocando-a em torno do seu braço. — Bem, vamos apreciar a vista, *Sra. Montgomery* — corei com seu comentário.

Nosso quarto tinha uma vista espetacular para o mar. Havia uma sacada, onde podíamos sentar, e que dava para o campo de golfe, já que revestia a orla. Era de tirar o fôlego. Enquanto eu olhava para fora, pela porta de correr da varanda, Brandon se aproximou, passou os braços por trás de mim e beijou meu pescoço. — O que você quer fazer primeiro, menina aniversariante?

— Eu só quero relaxar e desfrutar dessa vista por um tempo.

— Ok, por que não pedimos o almoço aqui no quarto, e então à noite, podemos sair para jantar e comemorar seu aniversário?

— Parece bom.

Eu realmente não me importava. Tudo o que eu precisava estava aqui, neste quarto. Nós pedimos serviço de quarto e abrimos uma garrafa de champanhe que pegamos no caminho para Pebble Beach. Este já estava se transformando num dos melhores aniversários que já tive. Apesar dos recentes acontecimentos.

— Você quer abrir seus presentes agora ou mais tarde?

— Eu vou ganhar presentes? — eu estava animada como uma colegial.

— Claro, é o seu aniversário... aqui, este é o seu pequeno presente — ele disse enquanto tirava uma caixa comprida de veludo de sua mochila.

— Uma joia é um pequeno presente?

— Abra, Spencer.

Eu lentamente abri a tampa. Uma joia era um grande passo. Eu sabia que nos amávamos, mas... — Uma chave? — ok, isso não era o que eu esperava.

— É a chave do meu apartamento.

— Sério?

— Sim, eu quero que você venha sempre que quiser, mesmo que eu não esteja em casa... mesmo quando eu estiver fora da cidade.

— Uau, obrigada! — eu nunca tinha recebido a chave da casa de um cara antes. O Trav*idiota* foi meu único namorado sério, desde a faculdade. Ele estava aparentemente tão focado em si mesmo e em Misty, que nunca quis que eu fosse até lá sem aviso prévio. Pensando bem sobre isso agora, eu nunca passei muito tempo na casa dele.

— Isso não é tudo... Aqui — Brandon puxou uma grande bolsa prateada de sua mala, que tinha um papel de seda branco embrulhado, escondendo o presente. — Desculpe a embalagem. Sabe como é, nós homens não temos jeito para fazer embrulhos.

— Ah, está tudo bem — eu sorri para ele.

Quando removi o papel de seda, notei um marrom claro, com uma tira de couro quase bege. Finalmente, removi todo o papel de seda e minha respiração ficou presa quando vi os famosos monogramas que revestiam todo o material feito de lona.

— Ah. Meu. Deus. Você me comprou uma Louis? Oh, meu Deus. Oh meu Deus. Oh meu Deus. — agora, eu realmente estava eufórica. Eu estava pulando, sem esconder meu entusiasmo.

— Eu comprei — ele disse, com uma piscadela.

— Oh, meu Deus, como é que você sabia? — assim que as palavras saíram da minha boca, eu me lembrei... Vegas.

— Bem, eu me senti mal quando levei o seu dinheiro em Vegas, e você não pôde comprar a sua Louis.

— Ryan tem uma boca grande. — nós rimos.

— Sim, mas, vendo como você está feliz com o seu presente, eu acho que eu devo a ela. — sorrindo para mim, ele beijou meu nariz.

— Eu amei! Muito obrigada. Este é, oficialmente, o melhor aniversário de todos os tempos.

— Não acabou, ainda, Spence. — e lá estava aquele sorriso sexy, que sempre derretia meu coração, entre outras coisas.

— Oh? — a boca de Brandon cobriu a minha e sua língua deslizou em minha boca. Não importava o quanto nós nos beijássemos, eu nunca poderia ter o suficiente de seu gosto.

Sua mão deslizou sob minha blusa e ele segurou meu seio direito. Eu entrelacei meus dedos em seus cabelos e o beijei com mais força.

Antes que pudéssemos ir longe demais, ouvimos uma batida na porta. Era o serviço de quarto. Brandon abriu a porta e eu fui arrumar minha blusa. Enquanto ele falava com o garçom sobre o almoço, eu abri a porta da varanda e me inclinei sobre o parapeito, fechando os olhos por um momento, absorvendo o clima do mar. Era um dia quente, mas sem exagero. Em uma palavra, era perfeito.

— Seu cheeseburger com bacon e batatas fritas chegou, minha senhora — Brandon disse enquanto fazia uma reverência.

— Oh, obrigada, gentil senhor! — eu disse, fazendo uma reverência de volta e sorrindo.

Brandon colocou nosso prato tampado ao lado das taças de champanhe na mesa pequena, entre as duas cadeiras na varanda. Sentamos lá e assistimos alguns golfistas jogando na nossa frente, enquanto comíamos nossos hambúrgueres e batatas fritas.

෧๑♡๑෧

Eu não sei quanto tempo nós ficamos sentados na varanda, mas o sol já tinha começado a se pôr e Brandon continuava a me embalar em seu colo com a minha cabeça em seu ombro, meus braços em volta do seu pescoço e minhas pernas penduradas ao lado do seu joelho. Eu não queria me mover, mas eu tinha certeza de que Brandon estava começando a ficar desconfortável.

Quando eu estava prestes a me levantar e esticar as pernas, Brandon perguntou: — Você quer tomar uma bebida na fogueira?

Na parte de trás do lobby, haviam cinco fogueiras, com bancos ao redor, que davam vista para o mar. O tempo tinha começado a esfriar. Não estava muito frio ainda, mas eu sabia que, quando a noite chegasse, ficaria mais frio.

Brandon e eu sentamos num banco de frente para o mar. Seu braço estava em volta dos meus ombros enquanto eu me aconchegava a seu lado. Eu estava bebendo uma vodka cranberry e Brandon tomava uma cerveja.

Nós conversamos com um jovem casal do Maine, que estava lá em férias, e pedimos outra rodada de bebidas. A mulher era nutricionista e conversei com ela sobre o site da minha empresa. Brandon e o homem falaram de esportes e, num determinado momento, eu os ouvi fazer uma aposta de cavalheiros sobre o Yankees e Giants jogando um contra o outro, na World Series.

Quando que a noite caiu, nós pedimos licença e fomos jantar no Roy's, o restaurante do hotel. Eu pedi a minha sobremesa favorita, crème brûlée, quando terminamos nossos pratos. Decidimos queimar as calorias do jantar fazendo uma caminhada na parte de trás do hotel. Minha Louis nova vibrou quando estávamos voltando para o quarto. Peguei o celular da bolsa para responder, achando que fosse um dos meus amigos desejando feliz aniversário. Só que não era.

Tudo o que eu preciso   131

Christy: **Não pense que só porque ele está com você agora, que isso significa que ele não vai ficar comigo!**

Desta vez, consegui reconhecer o número de Christy. Ela estava começando a me irritar.

— A mãe do seu filho está me enviando mensagens de texto de novo — eu disse, entregando a Brandon o meu celular.

— Deus, quando é que ela vai dar um tempo?

— Provavelmente nunca — honestamente, mulheres como ela não dão uma merda de um descanso até que tudo esteja quebrado. Mas não iríamos deixar isso acontecer de jeito algum. Brandon me devolveu o celular. Eu comecei a colocá-lo de volta na bolsa, mas percebi que ele mandou uma mensagem em resposta.

Eu: *Christy, dá um tempo. Você não é nada para o Brandon, ele me ama e eu o amo. Você não é nada, somente uma incubadora até seu filho nascer!*

— Oh, meu Deus, você é mau! — eu disse rindo e batendo no braço de Brandon.

— Ela é louca. Eu ainda não posso acreditar que ela furou as camisinhas. Quem faz isso?

— Você está pronto para falar sobre isso? — o ar da noite tinha ficado frio e uma leve brisa soprava em meu cabelo.

— Eu vou estar sempre pronto para falar com você sobre isso, mas não precisa ser agora. Eu não quero estragar seu aniversário — Brandon envolveu seu braço em meu ombro, quando percebeu que eu tremia por causa do vento.

— Meu amor, isso não vai estragar o meu aniversário.

Tudo o que aconteceu hoje foi incrível! Eu te amo muito e eu quero falar o que aconteceu. Nós *precisamos* conversar sobre isso.

— O que você quer dizer com *precisamos* conversar sobre isso?

— Quero dizer que é bom você falar a respeito. Você não pode manter seu sentimento reprimido.

— Eu sei. Tudo bem, mas vamos tomar um banho primeiro. Conversaremos mais tarde, eu prometo.

— Um banho?

— Este banheiro tem uma banheira com jatos, você está com frio, eu estou com frio e eu estive pensando sobre nós tomarmos banho juntos, então, é exatamente isso que vamos fazer.

— Ah, eu gosto dessa ideia e eu preciso do meu bumbum aquecido — eu disse com uma piscadela.

A água estava quente, com bolhas transbordando pelos lados, quando Brandon e eu entramos na pequena banheira oval, que era claramente feita para um, mas nós não nos importamos. As pernas de Brandon alcançavam o topo da banheira e as minhas descansavam em seus tornozelos e eu estava sentada na frente dele, com minhas costas reclinadas contra seu peito.

Brandon ligou os jatos, fazendo ondinhas na água, eu não conseguia senti-los, já que estavam nas costas de Brandon. Em vez de desfrutar da massagem dos jatos, ele pegou o frasco do meu gel de banho e esguichou um pouco em sua mão. Ele colocou o frasco no canto esquerdo da banheira e começou a esfregar o gel sobre meus ombros. O cheiro de tulipas francesas, flores de

Tudo o que eu preciso 133

cerejeira e champanhe encheu minhas narinas.

O gel começou a espumar enquanto ele esfregava minhas costas. Sua mão direita deslizou para minha frente, espalhando a espuma em volta do meu mamilo. Senti seu pau começar a endurecer contra meu corpo.

Sua mão esquerda deslizou até meu seio, e ele passou a acariciar os dois, levemente, com suas mãos. Mordi o lábio inferior, gemendo. Suas mãos deslizaram pela minha barriga enquanto sua ereção crescia ainda mais dura.

Minhas pernas se abriram um pouco mais, enquanto ele separava suas pernas na medida em que iria contra os lados da banheira. Sua mão direita começou a massagear minha coxa e a esquerda envolvia meu seio e ele me inclinou de volta contra seu peito.

A mão que estava na minha coxa começou a esfregar meu monte enquanto seu dedo brincava nos lábios da minha boceta. Brandon beijou meu pescoço e deslizou um dedo em mim. — Ahhh! — eu gemi quando outro dedo entrou. Fechei os segurando firmemente em suas coxas, a pressão aumentando lentamente. Seu polegar acariciou meu clitóris e seus dedos lentamente deslizavam dentro e fora do meu centro.

Seu pênis pulsou contra minhas costas e eu levantei o bumbum do fundo da banheira, ainda segurando suas coxas, enquanto eu lentamente movia para cima e para baixo de seu pênis esfregando contra a minha espinha. Fazendo ondas, a água espirrava sobre a borda da banheira enquanto eu deslizava minhas costas para cima e para baixo ao longo de sua ereção.

Os dedos de Brandon empurraram mais duro em minha

boceta enquanto seu polegar esfregava meu clitóris. — Não pare — ele sussurrou no meu ouvido. Continuando a balançar para cima e para baixo, nossas respirações se tornaram pesadas de desejo. Eu soltei outro gemido, vibrando o prazer através de mim. Brandon beijou o topo de meu ombro. — Vamos para a cama.

Saímos da banheira e, antes que eu pudesse pegar uma toalha, Brandon puxou minha mão, me levando para a cama. Nós dois estávamos completamente molhados. Deitei na cama enquanto ele colocava uma camisinha. Eu queria dizer a ele que não precisava de preservativo, porque eu estava tomando pílula, mas, depois da notícia de Christy, eu segurei minha língua.

Brandon se aproximou da cama e eu ergui minhas mãos e fiquei de joelhos. Ele ficou de joelhos atrás de mim no centro da cama e correu dois dedos ao longo dos lábios da minha vagina. Meu corpo estremeceu e minha entrada ainda estava sensível do orgasmo.

A cabeça inchada de seu eixo se aproximou mais da minha fenda enquanto ele esfregava para frente e para trás sobre a abertura antes de começar a empurrar dentro de mim lentamente.

Suas mãos agarraram meu quadril, e ele deslizou seu pau mais profundamente, dentro de mim. Seu quadril empurrava com força e balançava o meu para trás, ao encontro do seu impulso. Alcancei entre minhas pernas, firmando o braço e comecei a massagear meu clitóris.

Meu dedo circulou rapidamente meu ponto sensível e a respiração de Brandon começou a acelerar. Ele empurrou mais profundamente em mim, de novo e de novo. Deixei escapar um gemido alto quando outro orgasmo tomou conta do meu corpo. Brandon empurrou mais algumas vezes e depois gemeu em sua própria libertação.

Capítulo Treze

O edredom sobre a cama ainda estava úmido, quando Brandon e eu deitamos novamente, depois de um banho "de verdade". O ar da noite esfriou muito e Brandon me envolveu em seus braços para me manter quente enquanto esperava o aquecedor esquentar o ambiente.

— Meu amor... eu não queria ter um filho com outra pessoa. Não consigo acreditar que isso está acontecendo comigo — Brandon disse, depois de um longo suspiro.

— Eu sei. Eu também não consigo acreditar. Eu sei que essa mulher é louca, mas enganar você para ficar grávida é passar dos limites da loucura — eu virei para que ficássemos cara a cara, deitados nos travesseiros.

— Eu esperei minha vida inteira para encontrar a "mulher perfeita", casar com ela e, então, começar uma família. Eu sempre usei proteção, mesmo quando elas me diziam que estavam usando anticoncepcional. Eu... eu não consigo acreditar nisso.

— Eu acredito que as coisas acontecem por uma razão. Eu ainda não sei qual a razão disso, mas eu sei que você vai conseguir superar. Crianças trazem alegria à vida das pessoas e eu sei que você vai ser um pai incrível.

— Eu pensei que minha vida estivesse começando a caminhar do jeito que eu sonhei. Os negócios estão melhorando, eu não preciso me preocupar com dinheiro e eu acho que... eu acho que finalmente encontrei a "mulher perfeita".

Tudo o que eu preciso   137

Pensei que meu coração tivesse parado de bater, literalmente, enquanto meu cérebro processava as palavras que ele tinha acabado de falar. — Eu?

Brandon sentou na cama. — Eu sei que só estamos namorando há algumas semanas, mas eu nunca me senti assim com ninguém. Eu nem tenho certeza de como eu tive sucesso na vida antes de você.

Eu sorri ao me sentar, passando os braços ao redor de seu pescoço e o beijando nos lábios. — Bom.

— Mas, de verdade, amor, eu preciso que você me ajude com essa coisa da gravidez. Eu não tenho nenhuma ideia do que fazer.

— Eu também não, mas vamos descobrir juntos. Quando é a próxima consulta médica dela?

— Ela não disse e eu não perguntei. Tudo o que ela falou foi que queria que eu pagasse por tudo, porque ela não tem dinheiro para sustentar a criança, já que deixou o emprego.

— Ela não tem plano de saúde?

— Eu não sei, mas acho que não. Ela não teria como pagar o plano de saúde, estando desempregada.

— Huh... bem, descubra quando será a próxima consulta dela e nós iremos juntos.

— Eu te amo, obrigado.

Peguei o celular para colocá-lo para carregar e notei que Christy tinha mandado uma mensagem de volta. Suspirando, eu li o texto:

Christy: Uma incubadora??? Você é uma puta de merda! Brandon não te ama! Vocês só estão saindo há algumas semanas, sua vadia.

Adorável. Ah, mas ela nem sequer valia o meu tempo. Brandon enviou a mensagem, eu sabia como ele realmente se sentia e ela estava com ciúmes por ele estar comigo agora. Eu não respondi. Em vez disso, deslizei para a cama e me aconcheguei ao meu homem.

No dia seguinte, chegamos a São Francisco no final da tarde. Brandon me deixou em casa e depois foi para a casa dele cuidar de alguns assuntos e pegar suas coisas para ficar comigo de novo, enquanto Ryan e eu saíamos para comemorar o meu aniversário.

— Oh, meu Deus, Spencer, já era hora de você chegar em casa! — Ryan disse, quando entrei pela porta.

— Hum... bem, eu só estive fora por uma noite, Ry.

— Eu sei, mas eu tenho algo que eu estava louca para te contar... Quero dizer, te mostrar — Ryan disse animadamente levantando do sofá e começou a caminhar na minha direção.

— Tudo bem?

— Olhe! — Ryan estendeu a mão esquerda e um anel de diamantes brilhou com a luz do sol que entrava pela janela.

— *Puta merda,* Max te pediu em casamento?

— Sim! — Ryan estava sorrindo de orelha a orelha. Parece que romper com Max tinha sido a melhor coisa que ela poderia ter feito.

— Estou tão feliz por você! — dei um abraço em Ryan e segurei a mão dela na minha, puxando-a para perto do meu rosto para que eu pudesse olhar o anel com mais detalhes.

Parecia que Max tinha gasto uma fortuna no anel. Ele, claro, tinha dinheiro para fazer isso, já que ele era sócio de uma grande firma que atuava em todas as áreas de direito aqui na cidade.

O anel de Ryan tinha um único diamante, em formato redondo, que ficava assentado sobre uma banda de platina com cinco pequenos diamantes redondos fixados ao redor do grande diamante.

— Uau, quantos quilates tem?

— Dois.

— É muito bonito, Ryan. Vocês já marcaram uma data?

— Sim, quinze de maio, nosso aniversário.

— Bem, parece apropriado, mas é há daqui a oito meses, apenas. É melhor começar logo o planejamento!

— E eu quero que você seja minha dama de honra, é claro — eu sabia que seria, mas ela ainda fez eu me sentir emocionada quando me pediu.

— Eu fico honrada — eu disse gritando e lhe dando um abraço. — Mal posso esperar para organizar seu chá de panela e sua despedida de solteira!

Fui em direção ao quarto, para guardar minhas coisas, quando ouvi Ryan fazer uma pergunta.

— Hum, espere um segundo, Spence. É uma Louis?

— Oh, sim, é o meu presente de aniversário de Brandon.

— Como ele sa... oh, bem, Vegas. Uau, ele se lembrou.

— Sim, eu tenho sorte que você tem uma boca grande — eu disse piscando para ela e continuei a caminhar para o meu quarto. — Ah, e ele também me deu a chave do apartamento dele.

— Oh, meu Deus. Isso é fantástico, Spence.

— Eu sei — eu disse sorrindo enquanto seguia para o meu quarto.

෧౨♡౨෧

Decidi jantar no MoMo, que era um dos nossos lugares favoritos. Como Brandon morava na mesma rua, ele poderia nos dar uma carona para casa.

Sentadas no bar e aproveitando nossa refeição, vi quando o próprio diabo entrou.

— Ótimo, Christy está aqui — eu disse para Ryan.

— Se ela não estivesse grávida, eu chutaria a bunda dela por você.

— Se ela não estivesse grávida, você teria que esperar sua vez, atrás de mim. Oh, deixa eu te mostrar as novas mensagens de texto.

Mostrei a Ryan as mensagens de Christy e a resposta de Brandon. Demos boas risadas e, quando terminamos, olhei de relance na direção de Christy e ela estava nos dando um olhar perverso.

— Você quer sair daqui e ir até a casa de Brandon? — Ryan perguntou.

— Você sabe de uma coisa? Eu quero que ele nos busque aqui.

— Ah, eu adoro o seu raciocínio — ela disse, enquanto batia palmas, concordando.

Peguei o telefone e enviei uma mensagem para Brandon:

Eu: *Oi, querido, importa-se de nos buscar no MoMo, quando você estiver pronto?*

Brandon: **É claro que não, estarei aí em breve.**

Os dez minutos seguintes foram constrangedores. Christy e seus amigos olhavam para nós duas como se fôssemos o diabo. No entanto, ela era a cadela psicopata que furou os preservativos. Gostaria de saber se seus amigos conheciam a verdade.

Vi os olhos de Christy se arregalarem e senti Brandon me tocar. Ele se inclinou e cochichou no meu ouvido: — Tentando deixar alguém com inveja, né? — antes que eu pudesse responder, Brandon me inclinou para trás e me beijou intensamente, com a mão esquerda por trás da minha cabeça. Minha bunda começou a escorregar do banco, mas ele envolveu sua mão direita ao redor da minha cintura e me apoiou.

— Droga, Brandon, se eu soubesse que você era capaz de dar um beijo desses, de causar inveja não só na Christy, eu talvez não tivesse deixado você me escapar — Ryan disse quando terminamos nosso beijo.

— Sabe, Ryan, há algumas semanas, Spencer fez menção a um ménage.

— Ha! Tenho certeza de que Max não aceitaria isso, amor — eu disse.

Depois de pagar nossa conta, estávamos prestes a sair do restaurante, quando fomos parados por Christy.

— Ei, Brandon, eu preciso de quinhentos dólares para a minha primeira consulta médica.

— Christy, nós já conversamos sobre isso. Você deve me enviar um e-mail listando suas despesas e, então, eu te envio um cheque.

Mas ele não vai fazer isso mesmo. — Olha, Christy, envie uma cópia do recibo médico e então Brandon irá te reembolsar a metade, ok? — eu sabia que não era da minha conta falar qualquer coisa, mas eu não estava gostando dessa coisa dela exigir dinheiro do Brandon.

— Eu já paguei pela consulta, *Spencer* — ela disse com atitude, revirando os olhos para mim.

— Confie em mim, o consultório médico pode e irá lhe imprimir uma cópia da nota fiscal. Tenha uma boa noite — segurei a mão de Brandon e saímos do restaurante, com Christy olhando para nós.

Andamos em direção ao carro de Brandon, que estava estacionado em uma rua lateral. — Desculpe se eu passei dos limites, mas eu não vou deixá-la vir até você e exigir as coisas a qualquer momento que ela acha que deve. Ela, obviamente, está fazendo isso para causar problemas entre nós dois.

— Não, você está certa. Essa coisa toda de gravidez tem fodido com a minha cabeça. Ela sabia que eu faria o que ela quisesse.

— Bem, você pediu minha ajuda e eu não vou deixá-la se aproveite de você.

Tudo o que eu preciso   143

— E é por isso que eu te amo — Brandon disse com outro beijo.

— Arranjem um quarto, vocês dois! — Ryan reclamou enquanto corria para o carro de Brandon.

‿⟡♡⟡‿

— *Nós precisamos nos apressar. Spencer estará aqui em breve — Eu pensei ter ouvido Brandon falar, enquanto eu entrava em seu apartamento.*

— *Não se preocupe, queridinho, vou ser rápida. Você sabe como me fazer gozar rápido — Essa era Christy?*

Caminhei depressa pelo corredor e entrei na sala de estar. O que eu vi me congelou. A bunda de Brandon estava no ar com as pernas de Christy enroladas na sua cintura. Seu quadril bombeando nela enquanto suas costas rangiam contra o couro do seu sofá e suas unhas cravaram em seus ombros.

— *Opa, parece que não fomos rápidos o suficiente — disse Christy, assim que me viu sobre o encosto do sofá.*

— *Oh, oi, querida, junte-se a nós! — Brandon disse. Eu fiquei ali, congelada, em estado de choque. Eu não podia acreditar no que estava vendo.*

— *Sim, Spencer, nós podemos ser uma grande família feliz. Venha aqui, querida. Eu estava louca para ver o que há de tão especial em você — Christy disse, esticando seu braço para mim. Brandon continuava a bombear seu quadril nela enquanto as lágrimas começaram a rolar pelo meu rosto.*

— *Ah, querida, não chore. Isso será bom para nós. Podemos viver aqui e criar o bebê juntos.*

A sala começou a girar quando caí de joelhos. Eu comecei a hiperventilar, enquanto as lágrimas continuavam a correr pelo meu rosto, caindo no chão.

— Ah, querido, ela está triste — Christy falou.

— Que merda está acontecendo aqui? — gritei. Eu não podia vê-los, pois meus olhos começaram a embaçar com as lágrimas.

Brandon saiu de Christy e veio se ajoelhar ao meu lado, em toda a sua glória. — Amor, Christy e eu conversamos, e eu expliquei a ela que eu não queria deixá-la. Então, ela surgiu com um plano para nós ficarmos juntos. Você vai me ter segundas, quintas e sábados. Christy me terá terças, sextas e domingos. Vou continuar a ter minhas noites de pôquer às quartas-feiras.

— O quê? Você só pode estar brincando — eu sussurrei ofegante, outro soluço preso na minha garganta.

— É vantajoso para todos nós, Spencer — Christy disse. Olhei para cima, limpei as lágrimas dos meus olhos e vi seu sorriso enorme.

— O inferno que é! — eu disse enquanto balançava a cabeça vigorosamente. — Eu não quero isso, de jeito nenhum!

— Amor, não fica assim — disse Brandon, passando os dedos no meu rosto molhado. Eu me encolhi e me afastei, não querendo que ele me tocasse depois que suas mãos tinham acabado de tocar nela.

Tudo que eu conseguia dizer repetidamente era não. Isso não poderia estar acontecendo. — Amor, por que você está chorando? — Brandon perguntou enquanto continuava a passar os dedos na minha bochecha.

— Não, isso não é real, não é. Não pode ser — eu dizia para mim mesma.

Tudo o que eu preciso   145

— *Shh, amor, não chore, eu estou aqui* — Brandon disse.

Eu balancei a cabeça, ainda chorando. — Não, não, não, não, não...

— Spencer, acorda, você está tendo um pesadelo.

— Não, não, não, não, não...

— Spencer, amor, por favor, acorde.

Engoli em seco quando abri os olhos e vi Brandon se inclinando sobre mim.

— Shh, está tudo bem. Você estava tendo um sonho ruim, eu estou aqui — eu pisquei para Brandon, tentando me concentrar em seu rosto. Eu estava chorando de verdade, enquanto dormia, por causa do sonho terrível e lágrimas encheram meus olhos mais uma vez.

Estava escuro, exceto pela luz que estava do meu lado direito. Eu olhei e percebi que era da lâmpada no meu criado-mudo. — Amor, você está segura. Eu estou aqui — Brandon passou a mão na minha bochecha.

— É... foi apenas um sonho?

— Sim, seja lá o que for, foi apenas um sonho. Você está segura.

Eu passei meus braços em volta de seu pescoço e o puxei para mim. — Foi apenas um sonho — repeti quando a concretização começou a ficar bem clara.

— Você quer falar sobre isso?

Eu disse a Brandon sobre o meu sonho, enquanto ele

passava a mão sobre o meu cabelo. — Querida, foi apenas um sonho. Eu posso lhe garantir que isso nunca vai acontecer. Se eu pudesse, eu nunca mais a veria novamente, nunca mais falaria com ela. Eu te disse uma vez antes e vou te dizer todos os dias da minha vida. Você é ***tudo o que eu preciso***.

❧Capítulo Catorze❧

Pelas semanas seguintes, ajudei Ryan com o planejamento do casamento. Como ela tinha sonhado e fantasiado sobre o seu grande dia por toda a vida, ela tinha quase todos os detalhes já planejados. Fomos comprar o vestido e flores, eu ajudei enviando o *save the date*[5] e começamos a planejar também o chá de panela e a despedida de solteira.

Brandon e eu continuamos com a nossa rotina de malhar quatro noites por semana, em sua academia, e uma noite na sala de massagem para casal. Meu corpo amava o tratamento especial que recebia uma vez por semana. Desde que Ryan e Max reataram, eles estavam praticamente inseparáveis, e agora eu passava a maior parte das noites na casa de Brandon. Para meu alívio, eu não tinha mais visto Christy ou recebido mensagens dela. Talvez, ela finalmente estivesse satisfeita o suficiente para me deixar em paz, já que estava recebendo apoio financeiro de Brandon.

Hoje era a festa de noivado de Max e Ryan, na casa do pai dela. O pai de Ryan vivia em Atherton, que ficava a cerca de 40 minutos de carro da nossa casa. Seus pais tinham uma espécie de mansão, com seis quartos e cinco banheiros, que ocupava quase dois hectares de terra. Era uma casa no estilo da Nova Inglaterra, com portão de entrada, três carros na garagem, campo de tênis, uma piscina e, em anexo, a casa da piscina.

---

5   É um pré-convite do casamento. Os noivos enviam aos convidados de 4 a 6 meses antes do casamento, como forma de avisar aos amigos e familiares que já existe uma data marcada. É feito, principalmente, para que os convidados que moram longe possam se programar para a viagem.

Ao entrar na casa de dois andares, somos recebidos por uma grande escadaria que sempre me fazia imaginar Ryan descendo, em seu vestido de baile, para receber seu encontro, quando era adolescente. Sua cozinha era semelhante à nossa, exceto por ter o triplo do tamanho.

A cozinha levava a um pátio ladrilhado que tinha uma fonte gigante, no centro. Do outro lado do pátio, havia uma grande piscina cercada por um jardim enorme, que se estendia ao redor da casa. E, do outro lado da piscina, ficava a casa da piscina, que também servia como sala de ginástica.

Ryan e Max convidaram apenas os amigos mais íntimos e familiares para a festa. No entanto, havia cerca de cem pessoas presentes. Ryan também convidou Jason e Becca, e eu estava realmente ansiosa para sair com eles novamente. Eu não os tinha visto desde a noite da exposição de Becca quando Christy soltou a notícia bomba do bebê.

— Você não vai beber hoje à noite? — perguntei a Becca, que estava à beira da piscina.

— Não...

— Oh, por que não? O champanhe é realmente bom. Os pais de Ryan sempre compram coisas boas.

— Jason e eu estamos tentando engravidar.

— Oh, meu Deus, isso é fantástico!

— Desculpe, eu pensei que Brandon tivesse contado. Talvez Jason tenha dito a ele para não contar nada até que tivéssemos certeza.

— Tudo bem, eu estou tão feliz por você! — eu disse, enquanto lhe dava um abraço. — Na verdade, isso é perfeito, pois as crianças, de vocês e de Brandon, podem crescer juntas.

— Eu sei, estou animada. Sei que Brandon não está e eu, certamente, não posso culpá-lo por isso, mas eu acho que você tem sido muito solidária com tudo o que está acontecendo, e ele será um bom pai.

— Eu também acho que ele será. Só não queria que ele tivesse um bebê com Christy. Ele te contou sobre as mensagens de textos?

— Sim, Jason me disse. Eu ficaria furiosa, se fosse comigo — ela disse enquanto tomava um gole de água.

— Bem, eu não estou entusiasmada sobre isso, mas eu am... hum... gosto de Brandon e quero o melhor para ele, e o quero na minha vida.

— Eu sei que você o ama. Posso ver isso quando vocês dois estão juntos. Eu nunca o vi tão feliz durante esses 12 anos que eu o conheço.

Brandon e Jason se aproximaram de onde Becca e eu estávamos conversando. Pedi licença para que eu pudesse apresentar Brandon aos pais de Ryan e Max, além de alguns amigos da faculdade que eu raramente tinha a oportunidade de encontrar. Mostrei a Brandon os arredores da casa e o quarto de infância de Ryan. Havia pôsteres de bandas de meninos, atores famosos e estrelas de cinema em suas paredes. Troféus de voleibol e tênis descansavam nas prateleiras e também uma série de livros. Seus pais mantiveram seu quarto exatamente como ela deixou, antes de ir para faculdade.

Virei-me para sair e estendi a mão para segurar a mão de Brandon, quando ele me puxou de volta. Eu tropecei nele, mas ele amorteceu me abraçando. Olhei em seus olhos questionando o que ele estava fazendo quando entendi o olhar em seus olhos.

— Oh, não, nós não vamos fazer isso aqui — eu disse, enquanto eu tentava afastá-lo. Sem dizer uma palavra, ele estendeu a mão e trancou a porta. — Meu amor, não podemos fazer sexo no quarto de infância de Ryan!

— Você está usando vestido de novo — ele disse, quando seus olhos baixaram para as minhas pernas.

Ele olhou ao redor do quarto e, em seguida, pegou minha mão e me levou para o banheiro da suíte de Ryan. Brandon acendeu as luzes e trancou a porta. Meu coração começou a acelerar ao pensar que Ryan poderia tentar entrar no quarto... ou qualquer outra pessoa.

Eu me atirei na direção dele e passei meus braços em volta do seu pescoço, quando nossos lábios se encontraram e nossas línguas giravam com paixão. O fogo sempre me queimava profundamente por dentro, apenas com o pensamento dele me tocando, me beijando, estando dentro de mim. Interrompi nosso beijo, passando minha língua pela sua garganta, até o lado direito do pescoço, encontrando a base de sua orelha. Chupei o lóbulo e ele soltou um gemido.

Seu corpo pressionou o meu contra o balcão da pia e ele segurou minha bunda, puxando-me com mais força. Sua ereção pressionava meu monte, enquanto nossas bocas continuavam a devorar uma a outra. Estendi a mão e agarrei o botão da sua calça jeans. Lentamente, abri seu jeans, quando sua mão direita segurou meu seio por cima do vestido, apertando-o e enviando ondas de calor entre as minhas pernas.

Minha respiração e meu coração dispararam, ao pensar

que a qualquer momento poderíamos ser descobertos. Eu puxei a calça de Brandon para baixo quando o zíper estava completamente aberto.

Ele segurou minhas mãos e puxou a calça até os tornozelos. Enfiei minha mão dentro de sua cueca, segurando seu pau grosso e comecei a acariciá-lo levemente desde a base até a ponta.

Ele me colocou em cima do balcão e empurrou meu vestido até meu quadril. Eu abri minhas pernas o suficiente para lhe permitir ficar mais perto de mim. Então, Brandon recuou para fora do meu alcance. Ele se ajoelhou e, enganchando o dedo na lateral da minha calcinha, afastou-a para o lado.

Fechando os olhos, encostei no espelho enquanto ele me reivindicava com a boca, sugava, agitava com a língua e acariciava minhas dobras rosadas. Minhas mãos correram por seu cabelo e eu gemia descaradamente enquanto sua língua se lançava para dentro e para fora em movimento, com suas experientes estocadas. Brandon continuou a fazer amor comigo com a boca até a minha vagina apertar convulsivamente. Eu gemi quando um orgasmo poderoso me atingiu, balançando meu corpo pela sensação. Quando ele se levantou e me beijou de novo, eu pude sentir meu gosto nele.

Brandon agarrou meu quadril e me levantou do balcão, deslizando-me até meus pés tocarem no chão. Pegando um preservativo do bolso, ele tirou a calça jeans e a boxer em um único movimento e as jogou no chão. Então ele se sentou no assento fechado do vaso sanitário e me puxou para ele.

— Sempre preparado, notei — eu disse.

— Sempre, quando estou com você. Eu não consigo ter o suficiente de você.

— Nem eu.

Ele acenou com o dedo para que eu fosse até ele e eu tirei minha calcinha e a joguei no chão. Empurrei o meu vestido de volta até a cintura e montei em seu quadril, abaixando-me em cima dele enquanto ele segurava seu pau com a mão.

Ele fechou os olhos quando usei as minhas pernas para ir para cima e para baixo. — Porra, amor! — ele disse, agarrando a minha bunda. Suas mãos deslizavam nas minhas costas enquanto eu me inclinava, fazendo com que meu corpo arqueasse em seu pau para atingir o ponto certo.

Minhas pernas começaram a queimar enquanto eu continuava a montar o seu eixo mais e mais. Senti meu orgasmo se aproximar. Eu olhei para o rosto dele e sabia que ele estava perto também.

— Eu vou gozar — eu sussurrei.

— Eu também.

Brandon gemeu quando seu corpo de repente parou, então, ele começou a gozar. Eu lentamente continuei a montá-lo enquanto meu corpo formigava pelo prazer. Sentei-me completamente, com o pau dele ainda dentro de mim e descansei minha cabeça em seu ombro. — Eu te amo — eu murmurei.

— Eu também te amo — ele disse, e então beijou meu ombro esquerdo levemente.

Ficamos assim por mais alguns minutos. Eu tinha certeza de ter ouvido uma batida quando me levantei dele. Nós rapidamente nos limpamos e nos vestimos. Saindo do banheiro, ouvi outra batida. Eu abri a porta e encontrei Ryan ali.

— Você *não acabou* de fazer sexo na minha antiga cama, não é?

— Não! — eu disse, enquanto saía do quarto rebocando Brandon pela mão.

— Bom, porque eu teria que te matar se você tivesse.

Nós começamos a rir enquanto descíamos as escadas para a sala de estar.

Dois dias depois, acordei com uma sensação de vazio no estômago. Na hora do almoço, Brandon e eu iríamos com Christy à consulta médica. Eu, claro, estava indo para apoiar Brandon. Eu não tinha nenhuma intenção de falar com Christy - não queria sequer olhar em sua direção.

Meu plano era permanecer na sala de espera, enquanto Brandon e Christy se reuniam com o médico. Para nossa surpresa, Christy não deixou Brandon entrar na sala. Ela disse a ele e a assistente do médico que não ficaria confortável com ele na sala. De um modo geral, não foi ruim, já que eu, provavelmente, teria um milhão de coisas passando pela minha cabeça com eles na sala de exames e eu esperando.

Nós sentamos em silêncio na sala de espera, enquanto Christy estava sendo examinada. Olhei ao redor da sala, que estava cheia de livros infantis, revistas sobre gravidez e brinquedos. Eu nunca me imaginei sentada em uma sala como essa não estando grávida.

Brandon apertou a minha mão enquanto sua perna direita balançava para cima e para baixo. Eu sabia que ele estava nervoso e ansioso. Eu estava tentando não demonstrar como eu estava nervosa. As recepcionistas sussurravam por atrás da bancada, dando-nos olhares discretos. Imaginei que fosse porque não deve ser sempre que a namorada do pai do bebê vai para as consultas.

Christy finalmente saiu para a sala de espera e Brandon pagou a consulta. Quando saímos para o corredor, ela empurrou o ultrassom no peito de Brandon. — Aqui! — ela disse e continuou a andar. Brandon e eu paramos e olhamos para o ultrassom preto e branco.

Nós olhamos para a imagem por alguns minutos sem dizer nada. Um objeto estava rodeado por um círculo escuro; o círculo escuro era cercado por um sombreamento mais leve. Bebê Montgomery, com a data e hora, estava escrito em cima da imagem.

Olhando para aquela pessoa minúscula, meu coração se apertou. Era um pedaço de alguém que eu amava, mas não era um pedaço de nós. Eu queria chorar quando a realidade começou a entrar na minha cabeça Eu estava realmente pronta para ajudar a educar a criança de outra pessoa? Alguém que eu desejava que não existisse?

Olhei para Brandon, seus olhos estavam brilhando. — É o seu bebê — sussurrei. Ele olhou por cima da imagem, nos meus olhos. Eu podia dizer que seu coração estava partido - não era isso que ele queria. Eu passei meus braços em volta do seu pescoço e nós dois choramos no ombro um do outro.

Brandon me deixou no trabalho. Eu queria passar o resto da tarde o consolando, mas minha chefe só me permitiu tirar um longo almoço. Ela estava trabalhando com prazo e precisava da minha ajuda.

Eu o beijei levemente ao sair de seu carro. Ficamos

em silêncio durante a viagem e ele não disse nada quando eu fui embora. Não havia palavras. Nós dois sabíamos que não queríamos isso. Não havia nada que ele pudesse fazer a respeito e eu não estava disposta a desistir dele por causa disso.

Entrei no banheiro para retocar a maquiagem, antes de ir para minha mesa. Eu não queria meus colegas de trabalho perguntando o que estava errado. Eles não sabiam da minha situação, só que eu estava feliz e de namorado novo. Quando finalmente cheguei à minha mesa, tirei o celular da bolsa no exato momento em que Brandon me mandou uma mensagem:

Brandon: **Eu te amo!**

Lutando contra as lágrimas novamente, eu respondi:

Eu: *Eu também te amo!*

❧Capítulo Quinze❧

Nas duas noites seguintes, Brandon e eu ficamos na casa dele. Na quarta-feira, ele foi encontrar os rapazes para a noite do pôquer, mas não ficou muito tempo. Ele ainda estava abalado pelo ultrassom. Eu sabia que, no momento em que segurasse o filho nos braços, ele iria se apaixonar. Eu comprei um porta-retratos para o ultrassom e o coloquei na mesa de seu escritório, em casa. Eu também coloquei uma foto minha em sua mesa, para que ele lembrasse que eu estava sempre aqui para ele.

Eu estava preparando o jantar quando o telefone de Brandon tocou. Seu rosto se iluminou, algo que eu não tinha visto desde a noite de sábado, na festa de noivado de Ryan. — Oi, mãe — ele disse, respondendo ao telefone.

— Eu estou bem, como estão você e papai?... Vocês estão?... Quando?... Este domingo?... Sim, claro, eu mal posso esperar para ver vocês... Tem alguém que eu quero que vocês conheçam... Sim, é realmente sério... O nome dela é Spencer... Sim, ela é uma garota... Mãe, eu vou te contar tudo sobre ela quando eu pegar vocês no aeroporto... Ok, eu também te amo, diga olá ao papai... Ok, tchau.

Enquanto Brandon conversava com sua mãe a meu respeito, ele olhava na minha direção e sorria. Eu me perdi naquele sorriso. — Amor, meus pais chegarão no domingo e passarão a noite. Eles vão para o Havaí na segunda-feira de manhã — disse ele, do sofá da sala de estar.

— Isso é maravilhoso! Quando foi a última vez que você os viu?

— No Natal.

— Uau, tem muito tempo.

— Sim, eles andam realmente ocupados. Meu pai está tentando se aposentar.

O pai de Brandon trabalhava no setor imobiliário. Ele era muito bem sucedido na região de Houston, mas os últimos anos tinham sido difíceis, devido à economia. Apesar do que Brandon tinha mencionado antes, seus pais ainda estavam bem financeiramente, como ele.

— Eu mal posso esperar para conhecê-los — eu disse.

Conhecer os pais era um grande passo. Eu comecei a ficar nervosa. O que eu ia vestir? E se eles não gostarem de mim? Ótimo, agora eu estava nervosa e me estressando.

— Spence... eles... eles não sabem sobre o bebê — a tristeza voltou ao seu rosto.

Eu desliguei o fogo e caminhei até onde Brandon estava sentado. Eu me ajoelhei na frente dele, agarrando suas mãos, e olhei em seus olhos. — Eles vão adorar esta criança, assim como eu, porque é uma parte de você. Eles vão ficar muito felizes por serem avós e, como todos os avós, vão estragar o seu filho.

Brandon tinha mencionado antes que tinha um irmão mais novo que não queria ter filhos e nem era casado. Como Brandon tinha 30 anos, eu sabia que seus pais ficariam felizes.

— Eu espero que sim. Eles me educaram para casar primeiro e só depois ter filhos.

— Meu amor... isso não é culpa sua. Você não fez nada de errado. Quando eles souberem o que Christy fez, não vão ficar chateados. Não os conheço, mas acredito que eles vão aceitar esta criança porque é seu filho.

— Eu espero que sim.

— Eu sei que sim.

Quando a mãe de Brandon ligou, eu percebi que eu não tinha falado com meus pais desde o meu aniversário e, mesmo assim, apenas por alguns instantes. O último telefonema, antes do meu aniversário, foi quando os informei que eu e o Trav*idiota* tínhamos terminado o namoro. Geralmente, eu costumava falar com minha mãe pelo menos uma vez por semana, então, me perguntei por que ela não tinha me ligado.

Liguei para minha mãe e estava tudo bem. Ela disse que estava apenas dando tempo para que eu pudesse curar o meu coração partido. Eu contei a ela tudo sobre Brandon e que meu coração estava completamente remendado. Eu não mencionei o bebê. Eu queria que eles conhecessem Brandon primeiro e se apaixonassem por ele antes que eu mencionasse a injustiça que estava acontecendo com o nosso relacionamento.

Minha mãe estava feliz por mim, embora tenha ficado um pouco preocupada por que eu estava me envolvendo muito rápido em um novo relacionamento. Mas ela disse que estava ansiosa para conhece-lo. Ela e meu pai não foram capazes de vir para a festa de noivado de Ryan por razões financeiras, por isso eles decidiram que viriam apenas para o casamento, em maio. Eu lhes disse que iria para casa no feriado de Ação de Graças e talvez levasse Brandon. Eu não sabia se ele iria para o Texas no feriado ou não, mas eu precisava ver a minha família.

No domingo, Brandon foi ao aeroporto pegar seus pais e me pediu para esperar por eles em sua casa, para que eles pudessem conversar um pouco. Eu vesti um jeans com uma blusa sem mangas, cinza claro, que tinha babados na frente, um casaco de lã azul turquesa e botas de cano alto. Brandon me assegurou que eu estava adorável e seus pais iriam me amar.

Quando Brandon saiu, ele era todo sorriso - finalmente. Eu andava nervosamente pelo apartamento, arrumando coisas que não precisam ser arrumadas. Ouvi quando eles chegaram, no momento em que eu estava na cozinha, pegando um copo de água. Eu me virei da geladeira quando eles entraram na sala de estar.

— Mãe, pai, esta é Spencer — disse Brandon enquanto eu me dirigia até eles, encontrando-os no meio do caminho. Brandon passou o braço em volta dos meus ombros.

— Spencer, estes são os meus pais, Robert e Aimee.

— Que adorável te conhecer! — sua mãe disse. Fui apertar sua mão, mas ela me puxou para um abraço.

A mãe de Brandon era da minha altura, cabelo encaracolado castanho claro e com franja, algumas sardas beijavam suas bochechas e ela parecia muito jovem para sua idade.

— É um prazer pra mim também — eu disse, e então me virei para o pai de Brandon para apertar sua mão.

Ele apertou a minha de volta e me deu um sorriso. Agora, eu já sabia de onde vinha o sorriso de Brandon. — Sim, é muito bom te conhecer — ele disse.

Brandon parecia com seu pai. Eles tinham o mesmo sorriso, os mesmos olhos e estruturas semelhantes. O pai dele era um pouco mais baixo, mas você poderia dizer que eles eram pai e filho.

Depois de nos conhecermos e cumprimentarmos, Brandon levou suas malas até o segundo quarto. Falei com seus pais sobre como Brandon e eu nos conhecemos... deixando a parte da dança de fora. Seu pai ficou impressionado que eu sabia jogar pôquer.

Quando Brandon retornou, depois de colocar as malas no quarto, seu pai disse a ele que deveríamos jogar pôquer à noite. Brandon ficou animado com a ideia. Seu rosto se iluminou e ele mandou uma mensagem para Jason e alguns outros amigos que eu não conhecia ainda, que jogavam às quartas-feiras.

Após o jantar, nós íamos jogar no apartamento de Brandon. Ele estava sorrindo de orelha a orelha, que era exatamente o que ele precisava.

Depois de um copo de vinho e de conversarmos um pouco, seus pais pediram licença e foram se deitar por algumas horas antes do jantar. Com a diferença do fuso horário, eles disseram que precisavam de um cochilo antes que estivessem prontos para ficar a noite toda jogando pôquer.

Brandon e eu descansamos também. Os últimos dias tinham sido emocionalmente desgastantes e estávamos exaustos. Adormeci com Brandon acariciando as minhas costas. Quando acordei, ele estava enrolado firmemente em mim. Eu não queria estar em outro lugar, senão em seus braços.

Nós levamos os pais de Brandon para jantar no restaurante The Waterfront. Depois que seus pais terminaram a primeira taça de vinho e estavam começando a sua segunda, ele lhes contou sobre o bebê. No começo, ambos ficaram ali olhando fixamente para Brandon. Finalmente, sua mãe falou.

— Eu serei... Eu finalmente vou ser avó? — perguntou ela. Era nítido que ela estava feliz. Senti todo o meu corpo relaxar e Brandon afrouxou o aperto em minha mão, quando ele relaxou.

— Sim — Brandon respondeu.

Sua mãe se levantou e deu a volta na mesa para abraçar Brandon. Meu coração derreteu. Eu sabia que ela não ficaria brava com ele. Seu pai o abraçou também. Eles estavam animados. Eu acho que, finalmente, Brandon estava animado também. Quando todos retornaram aos seus lugares, sua mãe fez a pergunta de um milhão de dólares.

— Para quando é exatamente?

Brandon e eu olhamos um para o outro, os nossos olhos e sobrancelhas arquearam. Nós não tínhamos ideia. Christy nunca nos contou. Tentei calcular rapidamente a linha do tempo na minha cabeça.

— Bem, eu acho que ela está com quase dez semanas. Então... Eu acho que é para a segunda semana de junho.

O rosto de Brandon voltou a entrar em pânico. Eu acho que sua mãe percebeu e ela rapidamente expressou o quão feliz estava e que mal podia esperar para ser avó.

O resto do jantar foi bem. Nós conversamos sobre a criança, sobre o meu trabalho e sobre Brandon e Jason comprarem uma nova academia, em Seattle. Seus pais queriam conhecer Christy, mas eu sabia que não seria nesta viagem. Eu estava feliz.

Depois do jantar, voltamos para o apartamento de Brandon e não muito tempo depois que chegamos, Jason e Becca apareceram. Estávamos montando a mesa de pôquer, quando três de seus outros amigos chegaram. Brandon me apresentou a Ben, o empreiteiro que remodelou o Club 24; Jay, um personal trainer da academia e Vince, a quem ele e Jason conheceram por intermédio de Ben.

Decidimos jogar uma partida do Texas Hold'em e todos jogaram vinte dólares. Quem ficasse na última posição levaria tudo: 180 dólares. A mãe de Brandon foi a primeira, seguida por Becca e depois eu. Como em Vegas, Brandon me jogou para fora. Eu bolei um plano, eu estava praticando, e da próxima vez eu ia acabar com ele... duro e talvez, com melhores ganhos, como uma massagem de corpo inteiro.

Enquanto os caras jogavam, nós meninas conversamos e viramos garçonetes. Eu estava me dando muito bem com seus pais. Eu poderia dizer que eles eram pessoas boas. Vince estava fora e se tornou o próximo representante permanente. Não muito tempo depois, Jason estava fora.

O resto dos rapazes decidiram fazer uma pausa de dez minutos. Brandon se aproximou de onde eu estava sentada em um banquinho e passou os braços em volta de mim, por trás, e me deu um beijo na bochecha.

— Você está se divertindo? — ele perguntou.

— Bem, eu estaria me divertindo mais se você não tivesse tomado todo o meu dinheiro de novo! — eu disse rindo.

— Eu sei de várias maneiras que você pode ganhá-lo de volta — o sorriso que derretia meu coração e fazia outras coisas maravilhosas em mim, finalmente, reapareceu.

— Oh? Eu gosto de como isso soa!

Depois do intervalo, os caras voltaram a jogar. Não muito

tempo depois, Ben e Jay estavam fora, deixando Brandon e seu pai. Ben, Jay e Vince permaneceram sentados, bebendo cerveja com o pessoal, enquanto as mulheres continuaram conversando e servindo bebidas. Senti como se eu devesse começar a exigir gorjetas, depois de um tempo.

Depois do que pareceu uma hora, Brandon finalmente perdeu. Seu pai o derrotou com um par de damas. Eu tinha uma leve suspeita de que Brandon o deixou vencer. Brandon tinha apenas um par de oitos e não eram os mesmos oitos embolsados.

Todo mundo foi embora e nós limpamos a bagunça. Os pais de Brandon se retiraram para o quarto deles e Brandon e eu fomos para o nosso quarto.

Eu comecei a me despir no banheiro e estava prestes a entrar no chuveiro quando Brandon veio fazer o mesmo.

— Meu amor, seus pais estão aqui!

— E daí? Eles estão no final do corredor e nós somos adultos, e não adolescentes se escondendo, Spence.

— Eu sei. É... é apenas estranho.

— Só vai ser estranho se você não fizer silêncio — ah, lá estava aquele sorriso novamente. Agradeci minha estrela da sorte por ele estar de volta. — Além disso, nós tiramos um cochilo mais cedo, você não pode estar cansada, baby.

Eu estava cansada, mas, com ele, eu estava sempre de bom humor. Ele poderia me obrigar a fazer qualquer coisa com aquele sorriso.

Tiramos a roupa e entramos no box azulejado que era grande o suficiente para dois. Havia um assento no canto direito quando você entrava. Brandon se sentou ali.

— O que você está fazendo? — eu perguntei.

— Eu só quero ver você, um pouco.

— Hum... tudo bem.

A água quente corria pelas minhas costas e eu inclinei minha cabeça para trás, para molhar o cabelo, colocando meu corpo de frente para Brandon. Uma vez que ele estava completamente úmido, comecei a massagear a cabeça com um pouco de xampu. Olhei para Brandon, seus olhos estavam escuros de desejo, seu pau longo e duro fazendo minha barriga apertar.

Mordi o lábio inferior enquanto eu lavava o cabelo com xampu. Em seguida, veio a etapa do condicionador, seguida por outro enxague. Fechei meus olhos e inclinei a cabeça para trás, sob a água, deixando o fluxo de calor cair pelo meu rosto. Eu tinha que raspar as pernas, mas eu nunca tinha feito isso antes na frente de alguém. Primeira vez para tudo, eu creio. Aproximando-me de onde Brandon estava sentado, eu coloquei minha perna direita entre suas coxas, descansando o pé no banco embutido.

Eu raspei minha perna direita enquanto ele espiava entre minhas pernas. Quando eu terminei a perna direita, eu fiz o mesmo com a minha esquerda. Brandon estendeu a mão para me tocar entre as minhas dobras. — Não toque — eu disse, enquanto ria e batia na sua a mão.

— Você está me matando, Spence.

— Ei, você é a pessoa que queria ver. — eu disse com uma piscadela.

Depois de eu ter raspado minha perna esquerda, eu esguichei um pouco de gel nas mãos e comecei a me ensaboar, minhas mãos deslizando sobre meus seios até que começou a fazer espuma. Brandon e eu olhamos um para o outro. Ele agarrou seu pênis com a mão direita e começou a se acariciar. Espalhei espuma pela minha barriga avançando lentamente pelo caminho até a minha boceta.

Antes que eu pudesse chegar mais longe, Brandon se levantou. — Isso é o suficiente — ele disse com os dentes cerrados.

Ambos paramos na água quente e deixamos correr todo sabão do corpo. Brandon me virou para que eu ficasse de frente para a parede lateral e passou as mãos pelos meus ombros, pelos meus seios, descendo pela minha barriga e, em seguida, minha vagina. Ele acariciou meu clitóris enquanto eu mordia o lábio inferior tentando não gemer.

Pressionei meu antebraço esquerdo contra a parede do chuveiro para me sustentar, me inclinando e abri as pernas mais amplamente. Brandon passou as mãos pelas minhas pernas lisas e se ajoelhou no chão atrás de mim. Eu levantei minha perna direita e a coloquei no banco embutido.

Brandon estava na altura ideal para correr sua língua entre as minhas dobras. Dois dedos me preencheram, enquanto ele empurrava para cima e para baixo dentro de mim e manipulava levemente o clitóris com a língua mais e mais, até que meu corpo encontrou a doce libertação.

Nós dois saímos do chuveiro e pegamos uma toalha cada, envolvendo-as em nossos corpos. Brandon me levou para a cama e jogou as nossas toalhas no chão. Eu deitei de costas na cama, enquanto ele pegava um preservativo da mesinha de cabeceira e o colocava.

Ele se arrastou pela cama e pairou em cima de mim,

beijando meus lábios e depois viajou sua boca até meus seios e os chupou. Minhas costas se arquearam em resposta e eu mordi o lábio inferior, segurando outro gemido. Brandon se levantou um pouco e depois me encheu em um movimento rápido, estocandome com seu duro e latejante membro.

Meus braços rodearam o seu pescoço e minhas pernas prenderam juntas por trás dele, enquanto ele empurrava de novo, dentro de mim. Ele voltou sua boca para a minha, enquanto sua língua e pau trabalhavam juntos, fazendo meu corpo despedaçar de novo, quando gozei. Ele empurrou com força em mim mais algumas vezes até que ele encontrou sua própria libertação.

Nós dois voltamos para o banheiro. Brandon foi tomar banho, e eu, secar o cabelo. Então, cansados, nos arrastamos até a cama, nos enrolando bem apertados um no braço do outro e caímos no sono.

❧Capítulo Dezesseis❧

Na manhã seguinte, quando Brandon e eu acordamos, tomamos café da manhã antes que seus pais saíssem para o aeroporto. Brandon me deixou em casa, e os levou para pegar o voo. Tê-los aqui, mesmo que por apenas uma noite, foi a melhor coisa que poderia ter acontecido. O *meu* Brandon estava de volta.

Ryan e eu fizemos nossos planos habituais de irmos às compras para procurarmos fantasias para o Halloween e depois esculpirmos abóboras como fazíamos todos os anos. Este ano decidimos que queríamos ser funcionárias públicas sensuais. Ela ia ser bombeira e eu policial. Todos os anos, desde que viemos morar nesta casa, nós sempre colocávamos doces do lado de fora e depois íamos a uma festa. Este ano não seria diferente. Uma das colegas de trabalho de Ryan sempre dava uma grande festa de Halloween, não importa em que dia da semana caísse.

Depois da nossa cansativa tarde na loja de Halloween, fomos a uma plantação local de abóboras e cada uma escolheu duas abóboras. Nós não éramos as únicas que esperavam até o último minuto para conseguir fantasias ou abóboras. Ambos os locais estavam lotados de clientes. Por sorte, fomos capazes de encontrar o que queríamos.

— Max vem pra assistir ao jogo, né? — eu perguntei a Ryan, enquanto colocávamos as abóboras em nossa mesa de jantar.

Esta noite seria o quarto jogo da World Series. O

Tudo o que eu preciso   171

San Francisco Giants estava à frente três jogos e tinha a oportunidade de varrer o *Detroit Tigers*. Infelizmente, o jogo seria realizado em Detroit, então teríamos que ver pela TV, enquanto esculpíamos as abóboras.

— Sim, Brandon também, né?

— Sim, eu só preciso enviar uma mensagem de texto para que ele saiba que estamos em casa. A que horas Max vem?

— Ele já deveria estar aqui. Eu enviei uma mensagem, avisando que já estamos em casa.

Eu mandei uma mensagem para Brandon para que ele soubesse que eu estava em casa. Não muito tempo depois, Max apareceu com um caixa com 24 cervejas *Blue Moon*.

— Vamos começar a festa! — ele disse ao entrar pela porta.

Ryan lhe deu um tapa no braço e disse que ele era bobo. Finalmente, todos em minha vida pareciam estar de volta às suas identidades normais.

— Eu vou colocar um moletom para que minha roupa bonita não fique suja de abóbora — Ryan disse, indo para o seu quarto.

Finalmente, isso me deu a oportunidade de falar com Max sobre a garota que eu vi com ele no Diner Fog City, há pouco mais de um mês. Eu nunca disse a Ryan que eu o vi. Eu não tinha certeza se isso estava quebrando o código de amizade, mas eu não queria que ela tivesse mais dor de cabeça. Além disso, ela estava feliz de novo e isso era tudo o que importava... certo?

— Ei, Max, posso te fazer uma pergunta? — eu sussurrei, para que Ryan não pudesse ouvir.

172   Kimberly Knight

— Você acabou de fazer. — ele disse com uma risada.

Você sabe o que eu quero dizer. — eu não pude deixar de rolar os olhos para ele.

— Sim, claro, o que houve?

— Quem era aquela garota que eu vi com você no Fog City Diner?

Max chegou mais perto de mim, para que ele pudesse sussurrar. — Eu sei o que você está pensando, Spence, mas aquela era a minha irmã, Melissa. Você sabe que eu amo Ryan. Depois que ela me deixou, eu fiquei destruído. Eu realmente não sabia o quanto ela queria ter filhos.

— Ah... — eu esqueci que sua família vivia em São Francisco, também.

— Olha, demorou algumas semanas para eu perceber o que eu tinha perdido, eu admito. Essas semanas foram as mais difíceis da minha vida. Todos os dias eu pensava em Ryan, todos os dias eu tentava esquecê-la também, mas você sabe o quanto é duro esquecer alguém que você ama. Além disso, eu estava cansado de ir pra cama, todas as noites, pensando nela para acordar na manhã seguinte e ainda estar pensando nela. Eu sabia o que tinha que fazer. Conversei com a minha família, sai com meus sobrinhos e sobrinhas e percebi que eu queria isso também... com a Ryan.

Ele parecia sincero e eu queria muito acreditar nele.

— Ela não parecia feliz no MoMo aquela noite que você me viu, e eu sabia que era minha culpa. Eu não sabia como eu iria reconquistá-la e quando eu vi vocês duas lá, eu me decidi e corri atrás.

— Correu atrás de que? — Ryan disse assim que entrou na cozinha.

— Ah... hum... — Max não podia dizer nada.

— Seu anel, Ry. Ele estava me contando como escolheu — eu disse, disfarçando.

— Ah. Você não o adorou? — ela perguntou, enquanto me mostrava novamente, pela centésima vez.

— Sim, eu amei, sua cadela sortuda!

Poucos minutos depois, Brandon chegou trazendo bifes, e então ele e Max foram para o quintal, grelhá-los para o jantar. Enquanto isso, Ryan e eu trabalhamos juntas na cozinha fazendo salada, batata assada e pão de alho para servir com os bifes.

— E aí, você gostou dos pais de Brandon?

— Sim, eu os adorei. Eles são maravilhosos.

— Vocês contaram a eles sobre o bebê? — Ryan sempre ía direto ao ponto e nunca recuava ao fazer as perguntas mais difíceis.

— Sim, Brandon contou.

— E?

— E eles aceitaram tudo numa boa. Sua mãe ficou animada por se tornar avó — eu cortei mais verduras para a salada e depois joguei o molho vinagrete light, por cima.

— E Brandon está melhor agora? — ela perguntou, se virando para o forno com um garfo para verificar se as batatas já estavam cozidas.

— Sim, acho que sim. Ver seus pais realmente o ajudou. Ele ficou tão devastado, depois de ver o ultrassom. Acho que ele esperava que não fosse verdade.

— Eu acho que todos nós estávamos esperando que não fosse verdade.

— Eu sei — eu disse suspirando.

O jogo começou pouco antes do jantar estar pronto. Sentamos na sala de estar nos amontoando ao redor da mesa de centro, assistindo ao jogo enquanto jantávamos. O jogo estava tão bom que depois de limparmos tudo, sentamos no sofá, próximo a mesa de centro e forramos jornais para que pudéssemos esculpir nossas abóboras e assistir ao jogo ao mesmo tempo.

Como Ryan e eu esculpíamos todos os anos, nós tínhamos um livro que continha padrões de caretas, rostos assustadores, bruxas, gatos, etc e todas as ferramentas de escultura. Ryan escolheu fazer uma abóbora com uma bruxa que estava voando em uma vassoura na frente da lua. Eu escolhi fazer uma lua crescente com o rosto de um morcego no centro, como se estivesse voando sobre ele. Brandon escolheu fazer o rosto do Grim Reaper[6] e Max escolheu uma casa assombrada numa colina com morcegos voando ao seu redor.

Sai para trocar de roupa, enquanto eles continuavam a decorar a sala de estar. Quando cheguei ao meu quarto percebi que tinha uma mensagem de texto perdida. Abri e vi que era de Christy. Quando ela ia me deixar em paz?

---

6 Ceifador da morte, personagem característico em festas de Halloween.

A mensagem de texto dizia:

Christy: Você realmente acha que eu vou te deixar ajudar a criar o meu filho, cadela?

Eu não respondi. Apenas joguei meu celular na cama e troquei de roupa. Realmente não valia a pena eu perder meu tempo com ela, no entanto, eu só queria colocá-la em seu lugar. Como eu era a cadela? Por que eu era a "inimiga"? Eu sabia que ia amar esta criança como se fosse minha. E talvez fosse isso o que ela temia.

ഏᘐ♡ᘐ෴

Após algumas horas bebendo cerveja, fazendo esculturas em nossas abóboras e mastigando sementes de abóbora recém-torradas, o Giants venceu a World Series por 4x3. Nossas abóboras estavam prontas. Eu estava me sentindo muito animada depois da quarta cerveja e eu poderia dizer que Ryan também estava. Nós tínhamos tomado apenas quatro cervejas enquanto Brandon e Max tomaram seis, cada um. Esta foi a primeira vez que Brandon ficou "alto" perto de mim. Eu nunca o tinha visto beber tanto.

Brandon alto, era muito falador, sobre nada em particular. Era meio fofo. Ele também não conseguia manter suas mãos longe de mim e Ryan teve que nos mandar algumas vezes para o meu quarto. Eu apenas batia em suas mãos para tirá-las de mim e nós continuávamos a nossa escultura de abóboras.

As abóboras não saíram perfeitas como esperávamos. Álcool, ferramentas afiadas e linhas retas, não combinavam muito bem. Na metade do caminho, Brandon teve que me ajudar a terminar a minha e Max teve que ajudar Ryan. Nós não éramos muito boas nos detalhes.

A bruxa de Ryan estava voando em uma vassoura torta e sua lua não estava um círculo perfeito. Minha lua crescente era ondulada e o bastão estava voando meio que de lado e quase no olho da lua. Brandon fez melhor em sua abóbora, no entanto, os olhos de seu Grim Reaper estavam tortos. Max fez muito melhor, apenas seus morcegos voavam meio tortos, embora sua casa estivesse perfeita.

Estava ficando tarde e depois que nos acalmamos da vitória dos Giants, decidimos encerrar a noite, pois todos nós tínhamos que trabalhar na manhã seguinte. Quando saí do banho, Brandon estava desmaiado e nu na minha cama. Acho que ele ficou cansado de esperar por mim. Arrastei-me na cama ao lado dele e o observei por alguns minutos.

Eu amava tudo neste homem, ele era perfeito para mim. Como eu ia ajudar a criar seu filho? Brandon nem sabia o que fazer e procurava por mim, para orientá-lo. Christy nem sequer sabia como criar um filho. Ela deixou o emprego por preguiça e tédio, então ela não era exatamente um modelo a seguir.

Naquela noite, tive outro pesadelo, mas não foi como na noite anterior. Eu não chorei dormindo e Brandon não me acordou. Sonhei que estávamos sendo acusados de sermos pais ruins e a criança tinha sido levada pelo Conselho Tutelar. Acho que isso é o que acontece quando você dorme preocupado se vai ser um péssimo pai.

Hoje, finalmente, era Halloween. Normalmente eu iria me vestir à caráter para trabalhar, mas este ano foi um pouco diferente. Como os Giants venceram a World Series no domingo, São Francisco teve ponto facultativo, por causa do desfile de comemoração. Os canais de notícias estimavam que a Market

Street estaria lotada com mais de um milhão de pessoas para assistir ao desfile.

O escritório de advocacia de Max era localizado na Market Street, por isso assistimos ao desfile de seu escritório. Foi um dia incrível e a única coisa que poderia ter arruinado era se tivéssemos esbarrado no Trav*idiota*, no escritório. Felizmente isso não aconteceu.

Após o desfile, Brandon nos deixou em casa, indo embora, em seguida, para checar a academia e depois foi para casa, para se preparar para a noite de pôquer, enquanto nós duas íamos para a festa de Halloween da colega de trabalho de Ryan.

Eu disse a Brandon que iria encontrá-lo em seu apartamento após a festa. Eu tinha algo especial planejado para mais tarde, quando fosse para lá.

Ryan e eu começamos a nos preparar para a festa por volta das 17 horas. Meu traje de policial era convencional com uma camisa azul de botão, combinando com o short azul de elástico. Ele veio com um distintivo falso e um coldre de plástico que segurava as algemas, uma pistola de água e outra bolsa para colocar minhas chaves, identidade, dinheiro e telefone celular.

Normalmente, por volta das 18:30hs, as crianças pequenas do bairro vinham para o "gostosuras ou travessuras", e Ryan e eu adorávamos ver suas tradicionais fantasias quando entregávamos os doces.

Quando as crianças começavam a chegar, nós nos revezávamos para abrir a porta. Eu abri a porta várias vezes para encontrar as crianças mais preciosas, em pé na minha frente. Eu comecei a pensar que no próximo ano eu poderia fazer a brincadeira com Brandon e seu filho, ou poderíamos, pelo menos, vestir a criança como uma abóbora e tirar uma foto que poderíamos guardar por toda a vida.

Ryan percebeu que eu estava começando a ficar emocional. — O que há de errado, Spence?

— Apenas pensando no próximo ano, nessa mesma época.

— O que você quer dizer?

— Você sabe, Brandon e seu filho, onde nós poderíamos estar, se eu vou ou não estar nessa foto...

— Tal como você me disse inúmeras vezes antes, tudo o que você pode fazer é aceitar um dia de cada vez.

— Eu sei. Eu meio que queria que fosse meu filho.

— Você queria? Você mal o conhece.

— Não, eu sei. É mais o fato de que não é o meu bebê. Eu só queria que fosse um pedaço de nós, e *não* apenas uma parte dele.

— Assim como você me diz o tempo todo, tudo acontece por uma razão.

— Obrigada, mas não está ajudando!

— Olha Spence, estamos em outubro ainda. O bebê de Christy não deve ser aguardado pelos próximos oito meses. Você tem oito meses para decidir se é isso que você quer. Você não precisa tomar a decisão esta noite. Vamos terminar de dar os doces e ficar bêbadas.

E isso foi exatamente o que nós fizemos. Terminamos de entregar todos os doces por volta das nove horas e, como de costume, "nos tornamos sexy", acrescentamos saltos, mais maquiagem e brincos de argolas.

Pegamos um táxi para a casa da colega de Ryan e bebemos vários copos de ponche adulto com goma de olhos flutuante. Comemos cachorro quente envolto em Phyllo crocante que parecia múmias Crostini, pão de forma de fantasma mergulhado em alcachofra e jalapeno, fatias de mini pizza de mussarela com a borda crocante de cheddar que parecia um doce de milho e uns poucos Cupcakes com diferentes decorações de Halloween em cima.

Não tínhamos certeza se era porque o Halloween caiu numa quarta-feira ou se as pessoas ainda estavam comemorando a vitória do Giants, mas a festa não estava muito cheia, este ano. Ryan e eu só ficamos por uma hora e meia, antes de ficarmos entediadas. Pegamos um táxi até o apartamento de Brandon e ela seguiu no carro, indo para a casa de Max.

Eu dei boa noite a Ryan e me dirigi para o elevador do apartamento de Brandon. Desci em seu andar e peguei minhas algemas falsas da bolsa e o coldre de couro.

Eu bati na porta em vez de usar a minha chave. Enquanto esperava Brandon vir abrir a porta, coloquei minha mão direita sobre o batente da porta e girei minhas algemas em volta do meu dedo indicador esquerdo.

Brandon abriu a porta e antes que ele pudesse dizer qualquer coisa, eu disse: — Eu ouvi dizer que você foi um menino travesso, Sr. Montgomery!

Capítulo Dezessete

— Sim, oficial, eu fui travesso, mas ouvi dizer que você foi igualmente levada.

— Oh? Como assim? — eu perguntei, dando um pequeno tropeço para dentro do apartamento e ele fechou a porta atrás de mim.

— Eu creio que você ficou bêbada em público e há uma pena para isso, na Califórnia.

— Bem, Sr. Montgomery, você está certo. Então, qual é o meu castigo? — eu perguntei, mordendo levemente o meu lábio inferior e bati meus cílios de brincadeira.

— Primeiro, você precisa me entregar suas algemas e se sentar em uma cadeira, na sala de jantar, para que eu possa interrogá-la.

— Você não precisa me prender e ler meus direitos, primeiro?

— Eu não sou um oficial de polícia, de modo que isso vai ser um embargo de um cidadão. Agora, sente-se, oficial Marshall.

— Tão mandão — eu disse caminhando para, o que eu considerava, a preparação do interrogatório, na sala de jantar. Puxei a cadeira da cabeceira da mesa e me sentei. Entreguei as algemas a Brandon, quando ele estendeu a mão para mim.

— Agora, oficial Marshall, coloque as mãos por trás das costas da cadeira.

Ao sentar, coloquei meus braços na parte de trás do encosto. Brandon caminhou atrás de mim e algemou meus pulsos juntos. Ele se inclinou e cochichou no meu ouvido: — Eu já volto.

— O quê? Você vai sair e me deixar assim? — *isso não fazia parte do plano.*

— Eu volto logo, oficial Marshall.

Ele subiu as escadas de dois em dois degraus. Alguns minutos depois, ele retornou apenas de cueca. Em suas mãos estava a faixa do meu roupão, o seu roupão, uma toalha e um preservativo.

— O que você vai fazer com a faixa?

— Você vai ver — ele disse com aquele sorriso. *Puta merda.*

Minha calcinha imediatamente ficou úmida e eu podia sentir o cheiro da minha excitação. Eu podia ver sua ereção tentando escapar de cueca, fazendo-me morder o lábio quando eu pensava em todo o prazer que estava reservado para mim.

— Levante sua bunda — ele disse parando na minha frente.

Concordei e ele colocou a toalha no assento e eu abaixei minha bunda de volta, quando ele terminou.

— Eu acho que o interrogatório será mais bem conduzido se você estiver sem esse short, oficial Marshall — ele disse, deslizando o elástico da bermuda para baixo e enfiando os dedos na minha calcinha, levando-a junto e depois jogando tudo no chão.

Ele pegou uma das pontas do roupão e amarrou meu

tornozelo esquerdo na perna dianteira esquerda da cadeira. Ele fez o mesmo com a minha perna direita, deixando minhas pernas abertas, expondo-me para ele. Ele segurou meu monte com a mão direita, inclinou-se e me beijou. Eu podia sentir o gosto da cerveja em seu hálito, enquanto nossas línguas giravam em torno uma da outra.

Ele esfregou meu monte e passou um de seus dedos sobre os lábios da minha entrada. — Deus, você já está tão molhada, baby.

— Aham — foi tudo o que consegui dizer, enquanto continuávamos a nos beijar.

— Mova seu quadril para a beira da cadeira, amor — ele ordenou e eu, ansiosamente, atendi.

Brandon se ajoelhou, e passou a língua na minha vagina, lambendo o meu suco, que tinha começado a gotejar para fora de mim. Eu joguei minha cabeça para trás, enquanto as sensações percorriam pelo meu corpo. Ele continuou usando sua língua habilmente até que meu corpo estremeceu. Deixei escapar um gemido frustrado, quando tentei fechar as pernas para aproveitar meu orgasmo.

Ele continuou usando sua língua e começou a usar os dedos até que gozei de novo... e de novo... e de novo.

Com os olhos fechados, senti Brandon liberar minhas mãos das falsas algemas. Abri meus olhos quando ele veio por trás e desatou os nós que prendiam minhas pernas na cadeira. Ele fez um gesto para eu ficar de pé e estendeu a mão. Peguei sua mão e me levantei. Então, ele desabotoou minha blusa, jogou-a no chão, soltou meu sutiã e o jogou na pilha também, deixando-me completamente nua.

Ele tirou a cueca e se sentou no lugar em que eu estava. Eu continuei a observar, enquanto ele rolava o preservativo em seu pênis. — Venha cá, amor — ele chamou.

Dei alguns passos até a cadeira, levantei minha perna direita para cima e sobre sua coxa esquerda e fiz o mesmo com a minha perna esquerda, enquanto eu continuava de pé, pairando sobre ele. Ele segurou a base de seu pênis enquanto eu abaixava e ele me enchia lentamente.

Minha fenda estava dolorida e sensível dos orgasmos múltiplos, mas eu não me importava. Tomei todo seu comprimento, até que me encheu completamente. Passei meu braço ao redor do seu pescoço, coloquei minha cabeça em seu ombro e balancei meu quadril enquanto eu deslizava para cima e para baixo.

Brandon acariciou minhas costas levemente, enquanto eu subia e descia. Eu poderia dizer que ele já estava perto de gozar, porque depois de mais alguns golpes, o ouvi prender a respiração e senti seu corpo apertar quando ele explodiu dentro da camisinha. Eu passei meus braços em volta do seu pescoço e o beijei até que eu não conseguia mais respirar.

Quando chegou mais perto do dia de Ação de Graças, planejamos voar até Encino[7] e passar o feriado com meus pais. Na quarta-feira de Ação de Graças, eu trabalhei meio período e depois, nós fomos para o aeroporto. Brandon não parecia nervoso em conhecer meus pais. Eu, por outro lado, estava pirando por dentro. Eu nunca havia levado um cara em casa antes. Travis sempre tinha uma desculpa quando o assunto era conhecer meus pais. Pensando friamente sobre

---

7   Distrito da cidade de Los Angeles

a nossa relação, eu não conseguia acreditar que eu nunca percebi os sinais.

Meus pais nos pegaram no aeroporto Burbank quando chegamos. Eles pararam no meio-fio e Brandon colocou nossa bagagem no porta-malas, enquanto minha mãe saía do carro e me abraçava desesperadamente. Fazia quase um ano que eu não a via. Quando entramos no carro, eu apresentei Brandon para minha mãe, Julie, e depois para o meu pai, Kevin, que estava dirigindo.

Durante a viagem de carro, que durou quase uma hora, no trânsito caótico de Los Angeles, nós surpreendemos meus pais ao contar sobre o tempo que estávamos juntos. Nós não lhes contamos sobre o bebê. Eu não queria dar a eles uma razão para não gostarem dele, além de não ser culpa de Brandon. Gostaria de dizer aos meus pais quando fosse o momento certo, e o primeiro encontro não era.

Finalmente chegamos e estacionamos na rua, em frente à casa onde cresci. Eu sempre adorei a casa térrea, que atualmente estava pintada de azul claro com acabamento em branco. Brandon e eu colocamos a bagagem no meu quarto, onde nós dois dormiríamos na mesma cama. Meus pais não eram ingênuos. Eles sabiam que eu não era virgem e assumiram que Brandon e eu estávamos dormindo juntos, mesmo que nunca fossem discutir isso comigo. Meu quarto estava ainda decorado como eu tinha deixado quando fui para a faculdade, assim como os pais de Ryan deixaram o dela.

No verão, após o término da faculdade, quando voltei para casa, tirei todos os pôsteres de galãs adolescentes e coloquei algumas fotografias emolduradas da Europa, em preto e branco, que eu tinha comprado na Target. Havia uma da Torre Eiffel, em Paris, uma do Big Ben, em Londres, e uma de um vinhedo na Toscana.

Naquela noite, eu ajudei minha mãe a temperar o peru e fazer torta de abóbora e noz-pecã, enquanto Brandon e meu pai conheciam um ao outro. Eu não tinha dúvidas de que eles se dariam bem. Em muitos aspectos, eles eram iguais. Meu pai sempre foi nosso protetor e eu sabia, no fundo, que Brandon não iria deixar que nada me machucasse.

— Filha, Brandon parece ser realmente legal — minha mãe disse, enquanto enrolava a massa da torta.

— Você não tem ideia.

— Ele é o primeiro cara que você traz para casa.

— Eu sei e foi ideia dele.

— Sério? Parece o oposto de Travis.

— O que você quer dizer?

— Por favor, Spencer. Você estava com ele há bastante tempo. O que... dois anos? Eu sei que você veio sozinha todas as vezes, porque você não queria que a gente o conhecesse.

— Você queria conhece-lo?

— Olhe sua irmã. Ela só está com Chris há um ano, mas já o vi algumas vezes.

— Eles vivem em Thousand Oaks, que é muito mais perto do que São Francisco — eu ri.

— Eu sei, mas ainda assim, eu esperava conhecê-lo antes do seu casamento e não no casamento — ela disse sarcasticamente.

186   Kimberly Knight

— Ha! Casamento. Eu não acho que o Trav*idiota* vá se casar com alguém, além de si mesmo.

— Trav*idiota*?

— Oh — eu ri. — Ryan criou esse apelido e eu meio que adotei.

— Eu gostei — minha mãe disse piscando para mim.

∞☙♡❧∞

Minha irmã e seu namorado, Chris, vieram para o jantar de Ação de Graças por volta do meio-dia. Uma hora mais tarde, Brandon, meu pai e Chris estavam se preparando para assistir ao jogo do Dallas Cowboys, enquanto nós mulheres, permanecemos na cozinha deixando a comida pronta. Bem, este era outro clichê.

— Brandon é *sexy*, mana! — minha irmã mais velha, Stephanie, disse.

— Eu sei e ele é todo meu, então, caia fora — eu disse, enquanto fingia ameaçá-la com a faca que eu estava segurando.

Stephanie e eu fomos muito próximas quando garotas. Como temos apenas dois anos de diferença, nós tendíamos a disputar os mesmos meninos e brigávamos como loucas.

Desde que ela tinha ido para a UCLA, depois do colégio, e eu tinha me mudado para Santa Cruz, dois anos depois, nós nos afastamos. É claro, nós mantivemos contato, mas felizmente cada uma tinha encontrado seus próprios caras.

Chris entrou na cozinha à procura de petiscos e cerveja, enquanto nós estávamos preparando a ceia. Andei em direção à sala e escutei meu pai e Brandon conversando.

Tudo o que eu preciso   187

— Sim, senhor, eu amo a sua filha.

— Eu me preocupo com ela estar lá em São Francisco.

— Senhor, não precisa se preocupar. Eu não vou deixar que nada aconteça com ela.

— Por favor, me chame de Kevin e eu acho que confio em você. Eu nunca conheci esse cara, o Travis, mas, pelo que eu percebi, ele não dava muita importância a Spencer.

— Eu o conheci e nunca vou tratar Spencer da maneira como ele a tratava. Você tem a minha palavra.

— Você parece ser um cara muito legal, mas, se algo acontecer com a minha menina... Digamos apenas que tenho amigos.

Eu ouvi os dois rirem.

— Kevin, eu amo muito a sua filha e espero que um dia nós sejamos uma família.

— Você quer se casar com a minha filha? Pelo que eu entendi, vocês só namoram há alguns meses.

— Eu quero me casar com ela, mas eu sei que é cedo demais. Mas eu não vejo meu futuro sem ela. Ela é a minha rocha. Ela é inteligente, engraçada, a mulher mais linda que eu já vi, uma boa dançarina...

— Brandon, você não precisa mostrar todas as qualidades femininas dela para mim. Eu entendi. Mas você está avisado. Agora, vamos ver por que Chris está demorando tanto com a cerveja.

Corri pelo corredor até que eu estava quase dentro

do banheiro, para que não me vissem. Eu estava lutando para conter as lágrimas, depois de ouvir o que Brandon disse ao meu pai. Eu não podia acreditar. Depois de todos estes anos, um cara... um cara maravilhoso queria ter um futuro comigo.

O resto da tarde correu bem. Todo mundo estava em coma alimentício depois de toda a comida que comemos. Os Cowboys, de Brandon, acabaram perdendo por sete pontos e ele ficou arrasado. Jogamos pôquer e, assim como todas as outras vezes, Brandon ganhou meu dinheiro. Ele também ganhou o dinheiro dos outros e eu fiz uma nota mental para praticar nos intervalos de almoço ou algo assim.

Nós ficamos na casa dos meus pais até domingo à tarde. Eles realmente pareciam gostar de Brandon. Eu acho que, em algum momento, eu ouvi meu pai o chamando de "filho", o que me fez sentir empolgada e confusa por dentro.

Os dias seguintes voaram. Na terça-feira, Brandon mencionou que ele e Jason teriam que voar para Seattle na quinta e não voltariam até sexta-feira à noite. Eles iriam assinar os papéis da compra da nova academia, então, fizemos planos com Jason e Becca para sairmos sexta-feira à noite, para um jantar comemorativo.

Quarta-feira, após a noite de pôquer de Brandon, ficamos na minha casa para que eu pudesse lavar as roupas. Eu tinha um cesto lotado. Brandon abriu um espaço em seu armário para mim, mas ele não entendia que já era bastante difícil decidir o que vestir estando todas as minhas roupas no mesmo lugar.

Na verdade, tivemos nossa primeira briga por causa disso. Não foi uma briga séria, apenas um desentendimento.

Acabamos acertando que ele ia às compras comigo neste fim de semana para comprar mais roupas, uma vez que, aparentemente, eu precisava encher dois armários agora. Eu parei de discutir. Eu era uma garota e amava fazer compras. Agora, meu namorado estava exigindo que eu tivesse mais roupas. Eu nem sabia que existia essa possibilidade.

Brandon já havia arrumado algumas de suas roupas em meu armário e numa gaveta da cômoda. Ele tinha sorte de ter um guarda-roupa muito mais simples. Para trabalhar, ele vestia jeans e camisa polo do Club 24, e nos fins de semana ele usava jeans e camiseta. Ele só andava todo arrumado se tivéssemos que ir para algum lugar que exigisse isso.

Na quinta-feira de manhã, Brandon me levou para trabalhar e, em seguida, encontrou Jason antes de embarcarem para Seattle. Não era nem mesmo hora do almoço e eu já estava sentindo falta dele. Só de saber que eu não iria vê-lo, estava me matando. Eu não podia imaginar como seria ficar mais de uma noite longe. Comecei a me assustar com a forma como eu estava amarrada a ele em tão curto espaço de tempo.

As quintas eram, normalmente, o nosso dia de fazer massagem na academia. Brandon me fez manter o compromisso, então, depois do trabalho, fui até lá fazer minha massagem. Todo mundo me cumprimentou pelo nome e foi muito natural. Espero que não tenha sido apenas porque eu sou a namorada do chefe.

Depois da massagem, eu me troquei no vestiário e saí pela porta da frente para pegar o ônibus para casa. Sem olhar, eu corri e esbarrei em alguém. Dando um passo para trás para me desculpar, eu percebi que era Trevor, de Vegas, novamente.

— Oh, me desculpe — eu disse quando olhei para o seu rosto.

— É sempre um prazer colidir com você, Courtney.

— Oh, hum... Oi, Trevor — *puta merda*.

— De volta a São Francisco?

Há apenas uma certa quantidade de vezes que você pode mentir antes de ser descoberta. E eu estava quase acabando este jogo em particular. Eu não ia lhe dizer o meu nome real ou que eu já vivia em São Francisco o tempo todo, mas eu percebi que eu deveria, pelo menos, confirmar que eu morava aqui agora.

— Na verdade, eu acabei de me mudar pra cá — respondi sua pergunta.

— Você foi transferida por causa do seu trabalho ou algo parecido?

— Sim, foi por isso.

— Que engraçado. Também acabei de me mudar para São Francisco — *merda*.

— Ah, é mesmo? Por quê?

— Digamos que não há mais nada pra mim em Washington.

— Oh, certo. Bem, foi bom te ver novamente, mas eu realmente preciso pegar o ônibus.

— Por que? Eu posso te dar uma carona pra casa. Talvez a gente possa jantar e beber antes?

Agora, o que eu ia fazer? Com a minha sorte, ele poderia seguir o ônibus até que me visse descer, para descobrir onde eu morava.

— Sabe, na verdade, essa não é uma boa noite. Eu

realmente preciso ir para casa, eu tenho um monte de malas para desarrumar da mudança.

— Eu ainda posso te dar uma carona.

— Bem, Trevor, eu preciso ser honesta com você. Eu estou namorando, então, eu não acho que seja uma boa ideia. Eu realmente preciso ir. Cuide-se — eu disse, começando a correr para pegar o ônibus que estava se aproximando do ponto.

Sentei no fundo do ônibus e vi pela janela do lado direito quando ele entrou no carro. Ele não entrou na academia e me perguntei por que ele estava lá. O ônibus começou a descer a rua e olhei pela janela de trás e vi que Trevor não me seguiu. O alívio tomou conta de mim.

Quando cheguei em casa, eu contei a Ryan o que tinha acontecido. Ela ligou para Max e repetiu tudo para ele, que veio passar a noite com a gente, ao invés de Ryan ir para a casa dele. Eu não queria que Ryan mudasse seus planos, mas eu não queria correr o risco, caso Trevor tivesse me seguido até em casa.

Eu decidi ligar para Brandon e lhe contar a história toda. Eu disse a ele sobre como Ryan e eu conhecemos Trevor em Vegas, como ele esbarrou em mim no MoMo uma vez e, então, como eu colidi com ele na academia hoje. Brandon ficou preocupado e disse que se alguma coisa como a de hoje acontecesse de novo, que eu deveria voltar para a academia e falar com quem estivesse na recepção ou ir até seu escritório e mandar ligarem para ele.

Conversamos um pouco mais e ele me contou como foi o seu dia em Seattle - como ele e Jason se reuniram com o banco e começaram o procedimento da compra da academia.

Ben, o novo administrador de Brandon, se reuniu com

eles em Seattle para discutir a reforma que aconteceria e em quanto tempo a academia poderia abrir.

Eles estavam prevendo que seria no primeiro dia do Ano Novo. Ela seria um enorme sucesso com todas as festividades de Ano Novo.

Na sexta-feira de manhã, Brandon e Jason iam finalizar tudo e depois voltariam para casa. Eu estava ansiosa para vê-lo. Brandon me fazia sentir segura e tudo o que eu queria era estar em seus braços.

Depois que eu desliguei o telefone, Ryan, Max e eu assistimos TV e planejamos alguns detalhes do casamento. Ryan contou que seria necessário alugar o smoking de Max e de seus padrinhos e nós conversamos sobre fazer as festas de despedida de solteiro em Vegas, em abril.

Naquela noite, eu rolei na cama. Eu definitivamente não estava mais acostumada a dormir sozinha. Acordei na manhã de sexta esgotada. Peguei meu celular quando estava saindo para pegar o ônibus para o trabalho. Notei que Christy tinha me enviado uma mensagem de texto no meio da noite. Claro que ela mandou.

Christy: **Você está preparada?**

O que diabos significa isso? Fiquei com o pé atrás e não respondi a mensagem. Eu não queria me rebaixar ao seu nível e ser mesquinha. Honestamente, se ela continuasse assim, eu simplesmente ia mudar o meu número.

Na hora do almoço, minha chefe me levou para um tratamento especial para comemorar a nossa newsletter de dezembro, que contou com o artigo dela sobre academia de Brandon:

01 de dezembro de 2012

Por Skye McAdams

Club 24 é uma rede de academias que vem crescendo muito e recentemente abriu uma filial na região de São Francisco. Ela pertence e é administrada por Brandon Montgomery e Jason Taylor, ambos nativos do Texas, que abriram sua primeira academia em Austin, em 2005. Depois do sucesso em Austin, estes empresários experientes abriram uma filial em Houston, dois anos depois.

Os sócios continuaram trilhando um caminho de sucesso pela Costa Oeste, abrindo outra filial em Denver em 2009 e agora, mais recentemente, em São Francisco. E segundo informações, eles abrirão uma nova filial, em Seattle.

O que torna o Club 24 único é a atmosfera. Eles não têm apenas equipamentos de ginástica, mas cada esteira, stepper elíptico e bicicleta ergométrica possui sua própria TV de 12 polegadas, o que proporciona uma visualização mais confortável.

O Club 24 oferece diversas atividades inclusas no pacote da mensalidade: Kickboxing, Yoga, Ciclismo, Kenpo, Zumba, e Aeróbica. Você também poderá participar de jogos semanais de vôlei de praia, que são praticados ao ar livre, na quadra temática de vôlei de praia.

Se você que aprender novos movimentos ou descobrir como conseguir um corpo preparado para o verão, você pode contratar um de seus talentosos personal trainers para quantas sessões forem necessárias a um preço razoável.

Depois de malhar bastante, você pode relaxar pulando na grande piscina coberta ou mergulhar seus músculos doloridos em uma das três banheiras de hidromassagem próximas à piscina. Se você está procurando eliminar mais toxinas de seu corpo, você pode relaxar em uma das duas saunas.

O Club 24 também oferece um serviço de spa completo, com uma barbearia para os homens e um salão de beleza para as mulheres. Você também pode colocar em dia seu bronzeado em uma das câmaras de bronzeamento "instantâneo". Ele é chamado de "instantâneo" porque seu efeito é imediato, após a utilização. O bronzeado vai aparecer mais rápido do que em outras câmaras de bronzeamento. Com este bronzeado de 360 graus completo, você não vai apenas parecer sexy, mas irá se sentir mais sexy também. **AVISO: Pode causar muitos elogios e olhares de paquera após o uso!**

Depois de passar a maior parte do dia trabalhando em seu condicionamento físico e relaxar os músculos, confira a cafeteria completa, com sucos e café.

Faça do Club 24 a sua segunda casa, assim como eu.

Ao voltar do almoço, lembrei que ter deixado o meu único vestido bonito no apartamento de Brandon. Era o mesmo vestido que eu havia usado na exposição de Becca e na festa de noivado de Ryan. Eu ri comigo mesma, pensando que era exatamente por isso que eu precisava ir comprar roupas neste fim de semana. Eu não ia dizer a Brandon que ele estava certo e que eu realmente precisava ter roupas suficientes para encher dois armários.

Depois do trabalho, fui de ônibus ao apartamento de Brandon e mandei uma mensagem para ele, para que fosse me buscar lá em vez de na minha casa:

Eu: *Oi, amor, eu estou quase chegando na sua casa. Deixei meu vestido lá, então, você precisa me pegar na sua casa. Saudades.*

Brandon: **Eu também. Desembarcamos nesse momento, devo chegar aí em 45 minutos mais ou menos e depois iremos pegar Becca. Tome cuidado e tranque a porta!**

Trevor apareceu na minha mente o dia inteiro. Eu não quis olhar ao redor e ver se ele estava me seguindo. Tranquei a porta, quando entrei no apartamento de Brandon e subi correndo as escadas, para tomar um banho rápido. Quarenta e cinco minutos não era muito tempo, então, eu precisava me apressar.

Quando saí do banho, ouvi a porta da frente se fechar. Ele chegou rápido. Coloquei o jeans e a blusa para que eu pudesse espiar lá fora e avisar a Brandon que eu não estava pronta ainda. Eu sabia que Jason estava com ele e eu não queria que ele me visse de roupão.

Assim que eu saí do quarto, eu vi uma pessoa subindo as escadas. Não era o Brandon.

❧Capítulo Dezoito❧

— ⟨O⟩ que *diabos* você está fazendo aqui? — eu gritei para Christy, quando vi que era ela e não Brandon, subindo as escadas.

— Eu vim falar com você.

— Como você entrou aqui? — meu cabelo estava escorrendo pela minha camiseta preta e pingando no chão.

— Eu tenho a chave — ela disse sorrindo.

Christy estava no topo da escada, a apenas alguns metros de mim, enquanto eu estava no batente da porta do quarto de Brandon.

— Como você tem a chave?

— Eu fiz uma cópia, enquanto eu estava com Brandon.

— Ah... Então ele não sabe? — eu perguntei com atitude na voz e cruzei os braços sobre o peito.

— Não, e sabe, Spencer, eu não estou aqui para jogar conversa fora com você. — falou irritada.

— Bem, por que diabos você está aqui, então? — eu podia sentir meu sangue começar a ferver.

— Eu vou acabar com você por estar no caminho, no que diz respeito a Brandon e eu ficarmos juntos...

— Eu estou no caminho? Ele não quer ficar com você,

Tudo o que eu preciso   197

Christy — gritei interrompendo-a, e soltei meus braços ao lado do meu corpo, em protesto.

— Antes de você entrar em cena, nós éramos felizes. Nós íamos nos casar — ela gritou de volta.

— Ah, é mesmo? E ele te pediu em casamento? — eu perguntei cruzando os braços sobre o peito novamente.

— Bem... Não.

Christy estava ali, como se fôssemos amigas, tendo uma conversa normal e ela não se moveu além do topo da escada. Esta cadela era louca e estava começando a me irritar.

— Então, como é que você tem tanta certeza de que vocês iam se casar?

— Eu tinha certeza de que ele teria me pedido em breve, se você não tivesse entrado em cena e estragado tudo!

— Isso era o seu instinto lhe dizendo que você ia levar um fora — eu disse, rindo um pouco.

— Vá se foder, sua puta! Isso acaba agora. É hora de tirar você de cena — o rosto dela ficou vermelho brilhante, quando ela gritou comigo.

— E como você planeja fazer isso? — meu sangue estava em chamas e minhas mãos estavam tremendo de raiva quando eu as deixei cair ao meu lado novamente.

— Eu vou matar você!

— Você o qu... — Christy colocou a mão para trás, em suas costas e vi a luz da janela, acima da escada, refletindo sobre algo brilhante. Antes que eu pudesse ter um perfeito vislumbre do que ela estava puxando de trás de suas costas, ela se lançou na minha direção com a mão direita estendida. O objeto brilhante era uma faca.

Eu esquivei meu ombro direito para trás, apenas para evitar que a faca fosse dirigida diretamente para o meu peito. Christy quase caiu quando a faca não me acertou. Eu rapidamente me apoiei em direção às escadas e Christy se lançou em mim novamente. Eu continuei a girar em círculo e ela quase caiu novamente.

— Christy, se acalma, porra, você está agindo como louca! Você não considerou as consequências disso!

— O inferno que não! Eu venho planejando isso há semanas — ela disse com uma gargalhada maligna.

Nós estávamos girando em círculo como uma briga de pátio de escola. Meu instinto de lutar ou fugir tinha entrado em ação e eu escolhi lutar. Eu vi a faca na mão dela, à espera da próxima investida.

— Então, o seu plano é me matar e você acha que Brandon não vai te odiar para o resto da sua vida?

— Brandon não vai descobrir.

— Como não? Estamos no apartamento dele, porra!

— Eu trouxe *ajuda* e itens para descartar o seu corpo.

Demorei alguns segundos para processar o que ela havia dito. Nós continuamos a girar lentamente. Ia ser assim? Eu ia morrer? Nunca mais veria Brandon novamente?

— E todo o sangue? Como é que você vai limpá-lo antes que ele chegue aqui? — perguntei, tentando ganhar mais tempo, enquanto eu tentava pensar em um jeito de sair desta situação louca.

— Como eu disse, eu trouxe ajuda — ela pulou em mim novamente. Minhas costas estavam no topo da escada. Curvei minhas pernas girando para a direita. Christy errou de novo, mas desta vez ela caiu da escada.

Eu estava no topo da escada observando, enquanto ela deslizava de bruços, com os braços se esticando à sua frente, apertando a faca em sua mão direita. Antes de chegar ao pé da escada, seu corpo enrolou em uma bola e continuou caindo pela escada, com a cabeça voltada para o corrimão.

Quando ela finalmente chegou ao nível mais baixo, eu vi a faca saindo de seu estômago. O sangue começou a infiltrar através de sua blusa e no chão. Seus olhos estavam fechados e ela não estava se movendo.

Eu fiquei ali por um ou dois minutos apenas olhando para ela, em estado de choque, esperando que ela fizesse o menor movimento. Ela não se moveu. Corri para o quarto de Brandon e peguei o telefone sem fio na mesa de cabeceira e disquei para o serviço de emergência.

— Em que posso ajudar? — o atendente perguntou.

— Alguém entrou no apartamento do meu namorado e nós lutamos... E há sangue por toda parte. — eu gritei para o atendente.

— Minha senhora, acalme-se. Alguém está ferido?

— Sim.

— Você ou seu namorado se feriram?

— Não... Eu estou aqui sozinha com ela — lágrimas começaram a cair, quando eu comecei a gritar.

— O intruso está ferido?

— Sim, sim ela está. Há sangue por toda parte e ela não está se mexendo — lágrimas rolavam pelo meu rosto. Eu as enxugava, mas elas continuavam a rolar.

— Tudo bem, senhora. A ajuda já está a caminho. Você está segura neste momento?

— Eu... Eu não sei. Ela não está se mexendo.

— Ok, eu vou ficar no telefone com você até que a ajuda chegue. Se você não se sentir segura, por favor, tranque-se em um quarto. A ajuda vai estar aí a qualquer minuto.

— Tudo bem... Obrigada — eu funguei.

Eu observei Christy, enquanto ela estava deitada com os olhos fechados. O sangue começando a fazer uma piscina ao redor do corpo dela. Alguns minutos depois, ouvi o som fraco das sirenes à distância.

— Estou ouvindo as sirenes — eu disse ao atendente.

— Sim, senhora, eles chegarão em menos de um minuto.

— Ok, obrigada. Eu preciso ligar para o meu namorado.

Eu desliguei o telefone antes que o atendente pudesse responder. Eu precisava ligar para Brandon. Eu não sabia por quanto tempo Christy e eu lutamos, mas eu estava esperando por ele a qualquer momento. Sentei no primeiro degrau da parte superior da escada, olhando para o corpo de Christy.

— Oi, amor, Jason e eu estamos no fim da rua. Há alguma

confusão com policiais e caminhões de bombeiros, por isso estamos parados no trânsito para deixá-los passar.

— Bra... andon... — minha voz falhou.

— Spencer, o que há de errado? Você nunca me chama pelo meu nome.

— Eu... Eu acho que... Eu acho que eu matei o seu bebê — eu comecei a chorar quando as palavras saíram da minha boca.

— O que você disse?

— Christy invadiu...

— Ela o quê? Fique aí, eu estou quase chegando — eu ouvi Brandon dizer a Jason que Christy tinha invadido e então ouvi a porta do carro abrir e um monte de barulho ao fundo, como se ele estivesse correndo.

— Amor, eu estou literalmente a um quarteirão de distância. Você se machucou?

— Não — eu funguei novamente.

— Onde está Christy?

— Ela está deitada no chão sem se mexer, há sangue por toda parte.

— Fique comigo no telefone, amor. Apenas continue falando comigo até eu chegar aí — eu podia dizer que Brandon estava correndo. Ele não estava ofegante, mas parecia um pouco sem fôlego.

Eu comecei a contar como Christy usou a chave que ela fez e entrou no apartamento quando eu estava saindo do banho. Antes que eu continuasse, bombeiros e paramédicos entraram no apartamento. Olhei para eles onde estavam parados, ao lado do corpo de Christy. Atordoada, permaneci olhando para eles por um momento, sem saber como eles haviam entrado. Então, percebi que Christy tinha, provavelmente, deixado a porta da frente aberta.

Encerrei a ligação com Brandon. Ele disse que estava no elevador e um paramédico estava subindo as escadas em direção a mim.

— Minha senhora, você está machucada?

— Não — eu respondi olhando para cima.

Apertei o telefone na minha mão, quando o paramédico se virou e caminhou até o corpo de Christy. Fiquei ali sentada olhando enquanto os paramédicos a atendiam.

Brandon entrou correndo no apartamento pouco tempo depois. Ele parou por um breve momento, olhando a cena sangrenta, depois olhou para mim, os nossos olhos se encontraram e ele foi imediatamente até as escadas para envolver seus braços em volta do meu corpo, abraçando-me apertado.

— Graças a Deus você está bem. Diga-me o que aconteceu — ele falou, enquanto continuava a me abraçar, segurando a parte de trás da minha cabeça firmemente com a mão direita e com o braço esquerdo em volta das minhas costas.

Eu virei minha cabeça para trás olhando para Christy e de volta para Brandon, quando comecei a recontar a ele o que tinha acontecido. Antes que eu pudesse terminar novamente, um policial e Jason subiram as escadas.

Brandon e eu continuamos sentados no degrau mais

alto da escada, enquanto eu contava ao policial o que tinha acontecido. Jason se inclinou no corrimão, um pouco atrás do policial e ouviu a minha história, enquanto Brandon descansava o braço em volta dos meus ombros para me confortar.

Enquanto eu estava retransmitindo tudo ao policial, os paramédicos colocaram Christy em uma maca e a levaram para o hospital. Ela estava viva. Nós dissemos ao policial que ela estava grávida de Brandon e ele disse que dependia da minha vontade ir ao hospital para ver como ela estava.

Brandon parecia devastado. Fiz a decisão fácil para ele. Eu não queria ficar sozinha e eu sabia que ele precisava verificar seu filho. Deixei Brandon e Jason, e fui para o quarto, terminar de trocar de roupa, para que pudéssemos ir ao hospital.

Eu vesti o sutiã e coloquei de volta a blusa preta, que usei naquele dia para trabalhar, a parte de trás da blusa ainda estava úmida do meu cabelo. Vesti o casaco de moletom do Giants que eu tinha pendurado no armário de Brandon e coloquei minhas botas Uggs cinza.

Puxei meu cabelo para trás, fazendo um nó frouxo no alto da minha cabeça, mas não tive energia ou força de vontade para colocar qualquer maquiagem. Eu não queria sair em público parecendo uma bagunça, mesmo que por dentro eu estivesse tremendo.

Jason saiu para pegar Becca, depois de nos deixar no hospital. Ele disse que iria nos encontrar lá. Pedi para Jason ligar para Ryan e ele disse que só faria se eu desse um abraço nele.

Quando chegamos ao hospital, fomos à sala de emergência e nos orientaram a esperar até que um médico pudesse nos dar uma atualização sobre como Christy e o bebê estavam passando.

Nós esperamos por muito tempo. Jason e Becca chegaram, seguidos por Ryan e Max. Recontei o evento horrível enquanto Becca e Ryan respiravam fundo, várias vezes. Todo mundo me abraçou muitas vezes e disseram como estavam gratos por eu não estar ferida. Brandon nunca soltou a minha mão.

Finalmente, depois de esperar por várias horas, uma médica veio falar conosco. Ela estava relutante em falar com a gente porque não éramos da família, mas só tínhamos uma pergunta para ela.

— Como está o bebê, doutora? — Brandon perguntou.

— Bebê? — a médica fez uma pausa e olhou para o prontuário. — Eu sinto muito, eu não posso lhe dar qualquer informação. Você precisa falar com a Sra. Adams a respeito.

ᜫᜫCapítulo Dezenoveᜫᜫ

Brandon e eu viramos um para o outro à procura de respostas. Por que houve uma pergunta com a palavra "bebê", quando a médica respondeu a Brandon? Eu ouvi os nossos amigos começarem a ofegar, sussurrando um com o outro.

— Por favor, Dra. Ames, me diga se o meu filho está bem — Brandon implorou.

— Senhor, eu gostaria de poder dizer mais, no entanto, devido à confidencialidade entre médico e paciente, não posso dar qualquer informação. Você precisa falar com a Sra. Adams.

— Bem, quando podemos vê-la? — Brandon perguntou.

— O horário de visita da noite está quase no fim e a Sra. Adams está na Unidade de cuidados pós-anestesia. Ela não será capaz de receber visitas até amanhã de manhã, às oito horas.

Agradecemos a médica e me virei para nossos amigos, que estavam sentados atrás de nós.

— Quanto você quer apostar que ela esteve fingindo a gravidez o tempo todo? — Jason disse.

Ryan, Becca e Max concordaram com ele. Brandon e eu não dissemos nada e então me lembrei do ultrassom.

— Mas... ela nos deu o ultrassom...

Tudo o que eu preciso   207

— Sim, e nós fomos a uma consulta médica com ela e vimos o ultrassom — Brandon disse, concordando comigo.

— É possível que ela tenha falsificado isso? — Becca questionou.

— Como você pode falsificar um ultrassom? — Ryan perguntou.

— Você ficaria surpresa com o que as pessoas são capazes de fazer. Tenho visto algumas merdas no meu escritório de advocacia — Max disse.

— Mas nós estávamos lá no consultório do médico — Brandon disse.

Eu apenas fiquei ouvindo a todos. Eu não tinha mais energia. Não só Christy tinha tentado me matar hoje à noite, como agora ela pode ter fingido estar grávida, esse tempo todo.

— Gente, podemos ir pra casa? Tenho certeza que Spence está cansada. Podemos pedir pizza e conversar lá — disse Ryan.

⁂

Saímos do hospital e fomos para a minha casa. Quando chegamos, fui direto para o sofá e me deitei.

— Meu amor, você não quer deitar na cama? — Brandon perguntou.

— Não.

— Você tem certeza? Eu deito com você.

— Sim — eu só queria estar cercada de pessoas, naquele momento.

— Tudo bem — Brandon afastou um pouco de cabelo do meu rosto, inclinou-se e beijou minha testa.

Levantei minha cabeça e ele sentou no sofá para que eu pudesse descansar minha cabeça em seu colo. Todo mundo estava falando ao meu redor, mas eu não conseguia me concentrar em nada do que eles estavam dizendo. Tentei fechar os olhos, mas tudo o que via eram flashes da faca sendo golpeada na minha direção.

Ao invés disso, eu fiquei deitada lá, olhando para a TV, que não estava ligada, enquanto eles continuavam a conversar. Eu não estava prestando atenção no que estavam dizendo, mas eu ouvi Ryan pedir pizza. Meu estômago roncou e eu percebi que não tinha comido nada desde o almoço, que tinha sido há mais de oito horas atrás.

Os minutos pareciam horas e eu gostei de ficar ali deitada com Brandon fazendo cafuné na minha cabeça enquanto eu cochilava em seu colo. Eu pegava partes da conversa e ouvi Brandon dizer que a primeira coisa que ele iria fazer na parte da manhã era ir ao hospital e conversar com Christy.

Quando a pizza chegou, Brandon me perguntou se eu queria comer. Eu estava com fome, mas eu mal conseguia ingerir qualquer coisa. Depois de conseguir comer uma fatia e beber um pouco do refrigerante, eu disse a todos que eu ia para a cama.

Ouvi Brandon dar boa noite a todos e me seguir até o quarto. Eu não tinha ideia do quanto eu estava exausta até que tentei tirar o moletom, mas mal conseguia levantar meus braços. Brandon me ajudou a colocar o pijama e depois nós dois nos arrastamos até a cama.

Olhei para o relógio e eram 22:34hs. Que belo jeito de passar uma noite de sexta-feira. Nós deveríamos ter saído para comemorar a nova academia de Seattle, em vez de estarmos deitados na cama. Poderia ter sido eu deitada em uma cama de hospital, ou pior, em um necrotério.

Mesmo estando extremamente exausta, eu não conseguia tirar da minha cabeça a imagem de Christy vindo atrás de mim com uma faca. Eu rolei de um lado para o outro a noite toda.

Eu sei que Brandon também se manteve acordado a maior parte da noite, porque ele me abraçava mais apertado quando eu virava de costas para ele.

O alarme do celular de Brandon despertou às 6:45hs. Eu acho que tinha acabado de cair no sono e acordei me sentindo exausta, mas eu sabia que Brandon queria tirar as respostas de Christy e eu queria ir com ele ao hospital.

Nós chegamos lá um pouco antes das oito horas. Brandon perguntou no posto de enfermagem onde era quarto de Christy e quando finalmente encontramos o quarto, vimos uma enfermeira sair e fechar a porta atrás dela. Brandon abriu a porta devagar, apertando a minha mão direita. Nós caminhamos pelo quarto. A primeira cama estava com a cortina em volta. Brandon olhou, se virou para mim e balançou a cabeça indicando que não era Christy.

Caminhamos até a segunda cama, que não tinha uma cortina em volta. Eu vi Christy deitada com os olhos fechados, parecendo tranquila. Notei que seu prontuário estava encostado em uma mesa de rodinha no final da cama. Eu o agarrei e li depressa, tentando evitar confusão caso a enfermeira retornasse.

Christy, com certeza, nunca esteve grávida. O prontuário médico indicava que, quando ela foi internada no Pronto Socorro, eles foram informados de que ela estava grávida pelos paramédicos, com base no que eu tinha dito a eles no apartamento de Brandon. Eles fizeram nela uma videolaparoscopia exploratória. Esse exame fazia a verificação da frequência cardíaca fetal e descobriram que não havia uma.

Durante o procedimento, eles verificaram se havia um feto morto, mas não encontraram nada. Havia uma nota no arquivo dizendo que foi feita toda avaliação médica e foi concluído que ela nunca esteve grávida. O estresse e a dor que ela nos causou, nos últimos meses tinha sido à toa. Bati o prontuário em cima da mesa, em frustração. Brandon saltou com o barulho e olhou para mim.

— Desculpe — eu sussurrei. — O prontuário diz que ela nunca esteve grávida.

Antes que eu pudesse dizer qualquer outra coisa, Christy se mexeu. Seus olhos se abriram e, quando nos viu ali, começou a gritar. Brandon estendeu a mão e cobriu sua boca - eu estava ali em estado de choque.

— Nós não estamos aqui para te machucar, Christy. Eu só quero algumas respostas suas - respostas *honestas* — Brandon disse. — Quando eu retirar minha mão, você promete que não vai gritar?

Christy lentamente assentiu com a cabeça e olhou para mim. Fiquei ali, olhando para ela. Brandon tirou a mão da boca. Ela não gritou.

— Nós não vamos demorar. Só quero saber por que você inventou a gravidez — Brandon perguntou rispidamente.

— Eu... Eu pensei que eu poderia ter você de volta — ela sussurrou com a voz rouca.

— Mas você nunca esteve grávida. Você não acha que eu teria percebido?

Tudo o que eu preciso   211

— Eu estava... Eu ia fingir ter um aborto espontâneo, quando voltássemos a ficar juntos.

— Nós nunca iríamos voltar a ficar juntos.

— Eu percebo isso agora — Christy inclinou a cabeça, desanimada.

— E é por isso que você tentou matar Spencer?

Ela fez uma pausa e engoliu em seco antes de responder. — Sim.

— Você está com a cabeça fodida realmente, sabia disso? — Christy não respondeu a Brandon. Em vez disso, ela começou a chorar. — Veremos você no seu julgamento, Christy — Brandon falou, e se virou para sair pela porta.

Eu puxei a mão para segurá-lo e, em seguida, me virei para Christy. — Eu só tenho uma pergunta. Como você conseguiu o ultrassom?

Ela não respondeu a princípio. Então, finalmente falou: — Minha amiga trabalha em um consultório médico. Ela imprimiu o ultrassom de alguém e deu para mim.

Brandon bufou em desgosto, em seguida, puxou minha mão e saímos do quarto sem dizer uma palavra para ela.

⌒⊙♡☾⌒

Fomos direto para o apartamento de Brandon. Ele tinha recebido uma ligação, informando que estava tudo bem e que ele podia voltar para casa, pois os policiais já não precisavam fazer mais investigação no lugar; eles tinham tudo o que precisavam.

Chegamos ao seu prédio e pegamos o elevador em uma

curta viagem até o andar de Brandon. Minhas mãos ficaram suadas e ele segurou minha mão direita com firmeza. Quando saímos do elevador e caminhamos em direção à porta da frente, vimos que a porta estava coberta com a fita amarela da polícia.

Brandon removeu a fita e abriu a porta. Nós dois paramos.

— Tem certeza que você quer ver isso? — Brandon perguntou.

— Não, mas nós já estamos aqui. Nós precisamos limpar tudo e seguir em frente.

— Amor, você não tem que ser forte o tempo todo. Eu posso limpar.

— Eu sei. Está tudo bem, eu posso lidar com isso.

Entramos em seu apartamento. O sangue estava espalhado no chão onde o corpo de Christy ficou depois que ela caiu da escada. Pó preto estava salpicado sobre o corrimão da escada. Isso me lembrou do programa de TV *Law and Order* e como os policiais usavam o pó para colher impressões.

Durante a hora seguinte, tentamos tirar todo o sangue do chão. Mas não importava o quanto esfregássemos, não conseguimos tirar tudo. Eu nunca tinha tido que limpar uma piscina de sangue antes e, aparentemente, água e sabão não funcionavam cem por cento. Talvez porque eu sabia o que estava lá e fixava meu olhar com mais atenção.

Depois que lavamos e esfregamos, tentando apagar o evento horrível, percebemos que não seríamos capazes de nos livrar de tudo por nossa conta. Brandon se levantou, pegou minha mão para me levantar, caminhamos até o sofá e nos sentamos.

Brandon se virou para mim e começou a falar: — Eu vou ligar para alguém vir limpar isso amanhã.

— Ok.

— O tempo que estamos aqui está me matando por dentro. Tudo o que eu consigo pensar é na história que você me contou sobre o que Christy fez e depois ver seu corpo deitado no final da escada.

— Eu também — eu sussurrei.

Era difícil pra mim estar aqui, mas eu não poderia deixar Brandon lidar com isso por conta própria. Nós éramos um casal há pouco tempo, mas os laços que compartilhamos nos faziam um time. Eu sabia que iria superar qualquer coisa, depois que conseguisse superar este obstáculo.

Eu o amava muito e sabia que ele me amava também. Ninguém ia nos separar. Consegui enganar a morte e ainda estávamos juntos, e eu esperava que ficássemos juntos para sempre.

— Eu... Eu quero vender este apartamento e me mudar — Brandon disse.

— Ok, eu entendo completamente.

— Eu quero que *nós* compremos uma casa juntos. Vem morar comigo?

Continua em

Encontrando Spencer — B&S 1.5

☙Agradecimentos❧

Primeiramente, eu gostaria de agradecer ao meu marido, à AG, JS, MS, SA e BP por todos os conselhos e pensamentos que me deram ao longo deste processo. Eu realmente não poderia ter feito isso sem todos vocês.

Obrigada também a Teresa Mummert, Molly McAdams, Emily Snow e R.L. Mathewson por todos os conselhos que me deram nestes últimos meses, sobre como tornar meu sonho realidade. Eu juro que eu devo cem margaritas a cada uma de vocês, por todas as perguntas que tiveram que me responder.

Para todos que me deram uma oportunidade, muito obrigada! Eu nunca imaginei até onde esta viagem me levaria. Eu não tinha ideia de quantas pessoas iriam querer ler o meu livro!

A Hope Welsh e Audrey Harte, muito obrigada por todas as horas que vocês passaram analisando e editando o meu livro para fazer Tudo o que eu preciso ser tão surpreendente.

Para Liz, da E. Marie Photography, obrigada por todo o tempo gasto procurando os modelos perfeitos. Eu tenho que dizer, Dave e Rachael são perfeitos juntos! Eu adoro trabalhar com você e mal posso esperar para ver quantas capas mais criaremos juntas!

Dave Santa Lucia, obrigada por ser extremamente dedicado e não festejar muito em Las Vegas nesse fim de semana. Eu ainda me sinto mal, mas eu tenho que dizer, valeu a pena como você disse que valeria! Além disso, tome cuidado, eu vou sempre estar te acompanhando, mesmo à distância!

Rachael... Jesus, eu estou com ciúmes de você! Quando eu criei Spencer, eu não sabia com quem ela se pareceria, mas tenho que dar o braço a torcer, você é perfeita para ela. Obrigada!

Entre em nosso site e viaje no nosso mundo literário.
Lá você vai encontrar todos os nossos
títulos, autores, lançamentos e novidades.
Acesse www.editoracharme.com.br

Além do site, você pode nos encontrar em nossas redes sociais.

https://www.facebook.com/editoracharme

https://twitter.com/editoracharme

http://www.pinterest.com/editoracharme

http://instagram.com/editoracharme